THE COUNTRY DIARY OF AN EDWARDIAN LADY

EDITH BLACKWELL HOLDEN

万物得时

写给乡间生灵的自然手记

[英] 伊迪丝 · 霍尔登———著
杨佳慧———译

華中科技大學出版社
http://www.hustp.com
中国 · 武汉

图书在版编目（C I P）数据

万物得时：写给乡间生灵的自然手记：博物图鉴版 /（英）伊迪丝·霍尔登著；杨佳慧译 . -- 武汉：华中科技大学出版社，2018.8
（蓝知了）
ISBN 978-7-5680-4295-6
Ⅰ . ①万… Ⅱ . ①伊… ②杨… Ⅲ . ①散文集—英国—近代 Ⅳ . ① I561.64

中国版本图书馆 CIP 数据核字 (2018) 第 121217 号

万物得时：写给乡间生灵的自然手记（博物图鉴版）　　[英] 伊迪丝·霍尔登　著
Wanwu De Shi：Xiegei Xiang Jian Shengling de Ziran Shouji　　杨佳慧　译
Bowu Tujianban

策划编辑：刘晚成
责任编辑：薛　蒂
责任校对：何　欢
责任监印：朱　玢
装帧设计：璞茜设计
出版发行：华中科技大学出版社（中国·武汉）　电话：（027）81321913
武汉市东湖新技术开发区华工科技园　邮编：430223
印　　刷：武汉精一佳印刷有限公司
开　　本：710mm × 1000mm　1/16
印　　张：11.5
字　　数：235 千字
版　　次：2018 年 8 月第 1 版第 1 次印刷
定　　价：45.00 元

华中出版

本书若有印装质量问题，请向出版社营销中心调换
全国免费服务热线：400-6679-118　竭诚为您服务

Contents

目录

雏菊坡（Gowan bank）
奥尔顿（Olton）
沃里克郡（Warwickshire）

伊迪丝·霍尔登

坐在山岩上，对着河水和沼泽冥想，
或者缓缓地寻觅树林荫蔽的景色，
走进那从没有脚步踏过的地方，
和人的领域以外的万物共同生活，
或者攀登绝路的、幽独奥秘的峰峦，
和那荒野中、无人圈养的禽兽一起，
独自倚在悬崖上，看瀑布的飞溅——
这不算孤独；这不过是和自然的美丽
展开会谈，这是打开她的富藏浏览。

拜伦[1]

[1] 选自英国诗人拜伦（George Gordon Byron）的《恰尔德·哈洛尔德游记》（*Childe Harold's Pilgrimage*）中的《孤独》（*Solitude*），穆旦译。

由古罗马之神雅努斯[1]命名。雅努斯有两张面孔，分别朝向两个方向，一面回溯过去，一面展望未来。

节日

一月一日　元旦。

一月六日　圣诞节后十二日，主显节。

随之而来的是苍老的一月，
裹着层层御寒的衣裳，
却如临死亡般，颤栗不止；
他仍拼命呵气，温暖双手，
因这双手成天挥舞，已失去知觉；
一把利斧，他伐倒树木，
又将树上冗余的树枝剪断。

斯宾塞[2]

谚语

一月冷无情，能冻火上罐
一月种草，全年无草
一月雨，春日雨
一月即一年里最阴郁的时域

① 雅努斯（Janus），古罗马神话中的门神。古罗马士兵出征时，都要从象征雅努斯的拱门下穿过。这一拱门发展成四方双拱门，后来欧洲各国的凯旋门形式都由此而来。

② 选自英国诗人斯宾塞（Edmund Spenser）的《仙后》（*The Faerie Queen*）。

① 英文：blue tit，学名：*Cyanistes caeruleus*。
② 英文：coal tit，学名：*Periparus ater*。
③ 英文：great tit，学名：*Parus major*。

January 一月

树叶被秋染成了赤褐色，
蹁跹落下，只余寂寞空枝，
在许多隐蔽的巢穴里，慢慢堆积，
冬天蹲守旁观这一切，寒冷而严酷；
雪花莲满心欢喜地迎接林荫的到来，
即使温暖的南风穿过林中空地，
群鸟和树枝宣布春天的回归，
叶子仍在那里。

麦肯齐·贝尔[①]

那么，对于你，所有季节都美妙；
要么是盛夏，大地一片绿茸茸；
要么是早春，积雪在丛林灌莽里，
知更鸟歌唱在苍苔斑驳的苹果树
光秃的枝头，旁边的茅屋顶上，
晴雪初融，蒸发着水汽；
檐溜要么滴沥着，在风势暂息的时候声声入耳，
要么，凭借着寒霜的
神秘功能而凝成无声的冰柱，
静静闪耀着，迎着静静的月光。

柯勒律治[②]

① 选自英国作家、诗人麦肯齐·贝尔（Mackenzie Bell）的《旧年的叶子》（*Old Year Leaves*）。
② 选自英国诗人、文评家塞缪尔·泰勒·柯勒律治（Samuel Taylor Coleridge）的《午夜寒霜》（*Frost at Midnight*），杨德豫译本。

欧洲野榆枯叶
夏栎枯叶
欧洲山毛榉枯叶
欧亚槭枯叶

黑水鸡[1]

① 英文：moorhen，学名：*Gallinula chloropus*。

January 一月

一日　元旦。天气晴朗，霜满大地，寒意逼人。

五日　狂风暴雨自西南而来。

十一日　去了运河岸边的一座小树林采集堇菜叶。在清理树下堆积的一些枯叶的时候，我发现了一株斑点疆南星，它从泥土中伸出了白色的叶鞘。我只轻轻地拨开叶鞘表皮，一片略带暗斑的苍黄色叶芽便映入眼帘。叶芽一片片紧紧地卷缠在一起，恬美地藏在白色鞘壳里。我留意到接骨木丛中（elderberry）有不少叶芽变绿了。

十二日　看见几只黑水鸡在新犁的田地上觅食，不远处是一个池塘。

十四日　狂风暴雨。

十八日　今天去了埃尔姆登公园（Elmdon park），在附近的田野里，我看见了一棵奇怪的夏栎。远远看去，仿佛半棵树已经死去，而另一半仍然青翠葱茏。走近一看才发现，原来只有主干和其中两支主枝属于夏栎，橡子壳斗外长满苔藓，叶片宽大且边缘呈现锯齿状，属冬季落叶类树木；而从树干顶端冒出来的郁郁葱葱的另一半，是一棵西班牙栓皮栎的枝叶。两棵树紧紧交缠，几乎看不出两根树干的结合处。

二十三日　清晨，雾浓霜重。浓雾直到上午9点半左右才散去，阳光重新普照大地。趁着天晴，我去乡间逛了一圈。

在天空的映衬下，每一根从树上或灌木丛里长出来的细枝都被镶上一圈银边；路边一些枯草和果皮尤为美丽，细微之处还有未消融的霜晶，在阳光下熠熠生辉。天空下是一方田野，我看见成群的秃鼻乌鸦和紫翅椋鸟飞过，还有一对俊俏的红腹灰雀（bullfinch）藏在山楂丛中。一两周前荆豆还在盛开，可上周一场寒流袭来，花尽凋零。由于今年冬季偏暖，榛树早早便长出了葇荑花序，绿色的小花在一些花序上尽情地舒展筋骨，雌花小巧的红色星星也慢慢探出了头。香忍冬也长出了绿叶，为地表添上斑斑绿色。

二十六日　在过去几周里，我常常在我家和邻居家的花园中看到一只好奇过头的知更鸟。普通知更鸟的羽衣上端是棕色的，隐约透着点橄榄绿。而这只鸟的羽衣却是浅银灰色，当它飞起来的时候，乍一看就像一只胸脯是猩红色的白鸟。我听说有人在去年夏天就看见过它。它这么惹眼，却至今仍活蹦乱跳，未成为某些人猎枪下的牺牲品，不得不说这可真是一个奇迹。

① 英文：ivy，学名：*Hedera helix*。
② 英文：hazel，学名：*Corylus avellana*。
③ 英文：woodbine，学名：*Lonicera periclymenum*。

January 一月

二十七日　花园里的欧洲报春、多花报春（polyanthus）、冬菟葵（winter aconite）、二月瑞香（mezereon）和雪滴花纷纷盛开。现在好了，每一个温暖的早晨都可以听见小鸟在歌唱，它们有时甚至一唱就是一整天。

二十九日　今天，我在一处田野里采了几束雏菊，还看见了几株开花的红豆杉。小荨麻长高了不少，还有许多草本植物都抽出了新叶，比如毛地黄、小花糖芥和活血丹等。

田野中随处都可见农人在犁地、筑篱、挖渠。今年的一月气候温和，真是太棒了。

卑谦的红头小花，
却在此时与我相遇，
像是我在尘埃里挤压，
将你的纤枝糟蹋，
我毫无办法救回，
你这尤物。

哎呀！可不是你的好邻居，
漂亮的云雀相伴朝夕，
用它带小花斑的胸膛
在湿透的迷雾中压弯了你，
腾空而起，它满心欢喜，
迎向泛紫的东方。
北风刺骨，寒气凛冽，
摧残你这初生的小生命，
即使周身狂风暴雨
你依然充满了欢欣，
真难为了你的大地母亲，
给了你这般娇骨弱体。

我们的花园里鲜花盛开，
围墙与大树将它们掩护起来，
可你只能将土堆乱石，
当做掩体，
为收割后的空地添点色彩，
孑然独立，无人在意。
你将褴褛的斗蓬戴上，
如雪的花蕊向着太阳，
你昂首却不张扬，
如此卑谦，
如今铁犁掀翻了你的床，
你躺在泥土上。

罗伯特·彭斯[1]

---

[1] 选择苏格兰诗人罗伯特·彭斯（Robert Burns）的《致一支山雏菊》（*To a Mountain Daisy*）。

雏菊[6]

冬天将你插入花环。
尽管他只有几缕灰发，
春天用最轻柔的气息吹开云帆，
只为照见你；
夏天里整片的原野都属于你，
还有秋天，那忧郁的人；
当雨落在你身，
绯红色的花瓣便生出欢喜。

成群排好队，跳起莫里斯舞，
你和路上行人打招呼，
当他们向你问好时，又倍感欢喜；
不必气馁，
也不必悲伤，就算无人留意：
总是独自待在偏僻角落，
就像刹那灵光，我们遇见了你，
如愿以偿。

年岁之子！你东奔西跑，
旅途愉快——当新的一天来到，
你像云雀和小野兔那样，
准备向太阳问好，
你也应该重获久违的赞美；
对于来者，你同样珍贵，
比起过去的岁月——你没有白费，
始终是自然的宠儿。

华兹华斯[1]

草甸上姹紫嫣红，
我最爱那白色和红色的花朵，
就是镇上的人所说的雏菊啊。

乔叟[2]

雏菊虽无香，却是最古香。

弗莱彻[3]

雏菊，虽渺小卑微，
却是大地织毯的刺绣，
如宝石嵌在丝绒般的草地上。

克莱尔[4]

卑谦的红色小花。

罗伯特·彭斯

雏菊——地上的明星，
色如珠宝，
繁星一般的花朵永不凋残。

雪莱[5]

① 选自英国诗人威廉·华兹华斯（William Wordsworth）的《致雏菊》（*To a Daisy*）。
② 选自英国诗人杰弗里·乔叟（Geoffrey Chaucer）的《贞女传奇》（*The Legend of Good Women*）。
③ 选自英国剧作家约翰·弗莱彻（John Fletcher）的《两个贵亲戚》（*The Two Noble Kinsmen*）。
④ 选自英国诗人约翰·克莱尔（John Clare）的《春之花》（*Spring Flowers*）。
⑤ 选自英国作家、浪漫主义诗人雪莱（Percy Bysshe Shelley）的《一个未知世界的梦境》（*A Dream of the Unknown*），李昌陟译。
⑥ 英文：daisy，学名：*Bellis perennis*。

1. 带有雄花的红豆杉折枝
2. 果实
3. 不同阶段的雌花（放大图）

欧洲红豆杉[1]

一般来说雌雄异株，即雄花和雌花长在不同的树上。叶片有毒，浆果果肉部分无害但种子有害。红豆杉树龄极长，国内有文记载有几株红豆杉已有千年的树龄。据说德鲁伊人将红豆杉种在他们的圣林之中。后来，红豆杉作为哀痛的象征，被种植在教堂里；还有人说它是造弓的好材料。

有棵紫衫，是劳屯山谷里的宝。至今，它还像从前那样地独自挺立在自己的郁郁葱葱之中。对于将朝苏格兰荒原进发的恩法维和帕西大军，对于渡海去阿辛古（或更早些的克雷西或波瓦蒂耶）拉开铮铮硬弓的人们，它毫不吝惜地提供武器。这孤独的树周边极大，树下是深深的幽暗！这一棵活树长得实在慢，慢得永远也不会衰朽；它的形状和态势确实美，美得不会被破坏。但更值得注意的，是波罗谷里那兄弟般的四棵，它们凑成颇大的黑压压树丛；多粗的树干！而每个树干都是向上盘旋长去并缠在一起的纤维，缠得真年深月久；它构成种种离奇图像，样子叫亵渎者恐怖；这是些树干支起的凉篷，荫下寸草不长的红棕色地上——给常年的枯萎落叶染成这样——像是为了欢庆，深褐色的枝干缀着人见了未必高兴的浆果，中午时分，幽灵般的形象会在这枝干的天篷下相会：恐惧和颤抖的希望，寂静和遇见，死神的骷髅和时光之影，都在一起做着礼拜；而那些树下就像是天然教堂，块块散落的青苔石便是庄严静穆的圣坛；要不就全都在那儿静静地躺着休息，倾听着山泉潺潺的声响发自格拉勒马拉最最幽深的洞穴。

华兹华斯[2]

---

① 英文：yew，学名：*Taxus baccata*。
② 选自《紫杉树》（*Yew Trees*），黄杲炘译本。文中的紫杉即为欧洲红豆杉。

February

二月的命名由“Februare”一词演化而来，意为净化；也有人称二月是由“Februa”一词转化而来，即罗马的赎罪节，时间为二月的下半旬。

二月平常有28天，但闰年有29天。

节日

二月二日　　圣烛节。

二月十四日　　圣瓦伦丁节（情人节）。

二月二十四日　圣马提亚节。

谚语

二月时分需满堤，黑云落雨白落雪。

二月不利，全年不顺。

二月无雨，草木衰，庄稼愁。

圣烛节时媚晴天，寒冬遥遥无绝期。

圣烛节时阴雨绕，寒冬就此做昨天。

二月闻雷，盛夏有望。

February 二月

旧月已逝，新月伊始，
垂死的年岁在欢乐的钟声中翻页，
奇花异草纷纷含苞待放，
仿佛急不可耐地要争抢温暖的阳光；
尽管远处的群山依然荒芜黯淡，
初生绽放的雪滴花却像团团闪烁的火焰，
用其绿色的火苗刺穿冰冷的大地。
在光线昏暗的树林中，来回游荡的孩子，
会收获报春花的美丽。

哈特利·柯勒律治[1]

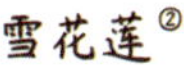

雪花莲[2]

① 选自塞缪尔·泰勒·柯勒律治的长子、英国诗人及作家哈特利·柯勒律治（Hartley Coleridge）的《一八四二年二月一日作》（*February 1st, 1842*）。

② 英文：snowdrop，学名：*Galanthus nivalis*。

February 二月

一日　天阴沉沉的，早晨飘了些蒙蒙细雨，但下午便放晴了，气温也回升了。

二日　圣烛节。狂风大作、雷电交加。

三日　据今天的《记事报》（Chronicle）报道，有人在多佛（Dover）发现了一座乌鸫巢，里面有两个蛋；伊登布里奇（Edenbridge）发现的一座林岩鹨巢里有四个蛋；而在埃尔姆斯泰德（Elmstead）发现了一座知更鸟巢，里面有五个蛋。

七日　采了一些开花的多年生山靛。这是除雏菊和千里光之外最早开花的野生草本植物。

八日　今天电闪雷鸣，暴雨夹杂飞雪，还伴随冰雹。

九日　一夜暴风雪过后，早晨屋外白茫茫一片，雪积得这么厚，今冬还是第一次。我把草坪上的雪扫出一块空地，撒上面包屑和米粒，引来了大群鸟雀。我用树枝搭起了一个三脚架，顶端架上个椰子，总共引来了八只山雀同时争抢。今天早上山雀们还发生了几场恶斗。一只体型较小的蓝顶山雀（blue-cap）霸占了椰子，坐在椰子中心傲视群雄。一只大山雀张着翅膀和嘴想要与它为难，看着它蹲在椰壳内，喳喳叫着奋力反抗的样子，十分有趣。清晨 5 点 57 分，有月偏食。傍晚 8 点，月亮周围有一圈美丽的七彩光晕，分外明亮清晰。

十日　西南风带来了降雨；雪融化得很快。

十二日　今天又去了一趟堇菜林，斑点疆南星的芽已经长得挺高；堇菜的根部长出了嫩叶，像一个个绿色的小喇叭。丛林的地面上长满了着五福花的小苗。在回家途中采了一些绽放的荆豆。榆树花刚开，柳树的枝条上挂着柳絮——不过现在看起来还很小。

十三日　下了一天雪。

十四日　情人节。天寒地冻，阳光明媚。

① 英文：wild arum，学名：*Arum maculatum*。
② 英文：dog's mercury，学名：*Mercurialis perennis*。

山上的荆豆，金灿灿，
历久弥新，经久不衰！
是不是你，教我们强大？
就像你带刺的花朵，
不管是谁来采摘，
不管风雪践踏；
——如你生长的地方，
昏暗荒凉的山坡。

花开遍野，流光璀璨，
是不是你，教我们自足？
当夏天一去不复返，
繁花依然开在我们心中。
而你，受上帝垂爱，
星星点点缀满山间，
向冬天的大地证明美丽依旧。

山上的荆豆，以天空为盖，
在那学术宝座前，
对我们一一指导；
大智慧的语言，
乃至谦的语言，
如你们虽处山峦之巅，
却贴地生长，与谦微的小草为伴！

荆豆[①]

山上的荆豆，自从林奈
跪倒在你身边的草地上，
为你的美丽感谢上苍，
也为你的教导；你应受我们一拜，
在你面前，五体投地；
起身时，若脸上残有一两滴水——
啊，那并非眼泪，却是露滴。

伊丽莎白·芭蕾特·勃朗宁[②]

① 英文：common gorse，学名：*Ulex europaeus*。
② 选自罗伯特·勃朗宁的妻子、英国诗人伊丽莎白·芭蕾特·勃朗宁（Elizabeth Barrett Browning）的《荆豆有感》（*Lessons from the Gorse*）。

February 二月

十五日　今天下午在从索利哈尔（Solihull）散步回家的路上，我看见一群蚊蚋（gnats）在阳光下飞舞。在河岸边的两处地方，我看到一只鼩鼱（shrew），它一看见我就飞也似地冲回洞里。

十六日　今年第一次听见云雀（lark）的叫声。

二十四日　今天骑车去帕克伍德（Packwood），径直穿过了索利哈尔和本特利希斯（Bentley-heath）。途中我经过一处乌鸦的栖息地，那些秃鼻乌鸦正忙着增建旧巢，叽叽喳喳好不热闹。在河岸边，我看见一只知更鸟正在为它的新巢到处搜寻建材；再向前走一点，遇见一只鸫鸟，它嘴里叼满了长长的稻草；一路上到处可见缀满毛茸茸的白色小球的柳条，桤木的花序也渐渐变红；帕克伍德市政厅花园的旁边是一座教堂，在毗邻教堂的边界上，大片大片的雪滴花开得正旺，我采了一大束回去。今天早上，当地一户农人家里的一只母羊生了三只小羊，他从羊圈里抱出了一只小羊羔给我看。我把它抱在怀里，它好像一点也不怕生——一个劲用它那小黑脑袋蹭我的脸。

晚些时候天气急转，我顶着雨雪，骑了七英里回家。

二十七日　忏悔星期二（Shrove Tuesday）[①]。

二十八日　圣灰星期三（Ash Wednesday）[②]。今年二月份的冬季气候比冬天那几个月份还明显。

鼩鼱刨开土壤，挖出的地道便是它的家。平日里，它以昆虫和蠕虫为食；它那修长而灵活的鼻子，是它搜寻食物的好帮手。鼩鼱十分不耐饥，无法忍受时日长久的断粮。每到秋季，人们便会发现许多尸横路边的鼩鼱，据说它们大多是饿死的。因为一到秋天，蠕虫便钻到地底，让鼩鼱束手无策；不仅如此，昆虫们也藏进了它们过冬的密室。大概是因为鼩鼱死后会发出一股十分强烈的臭味，让鼬鼠（weasel）和猫头鹰都避而远之。在乡下，人们向来对这种可爱无害的小动物抱有一种迷信般的恐惧和厌恶。

① 又称薄饼日（Pancake Day），是基督教传统耶稣受难节前的大斋期前夕。因为大斋期长达40天，所以那些味道丰富的食物例如鸡蛋、牛奶、糖和面粉就要在此之前吃掉，而薄饼和炸饼圈就成为用这些材料配制的最为方便快捷的食物了。

② 又称大斋首日。在这一天，牧师或神父会用去年圣枝主日（Palm Sunday）用过的棕榈枝烧成的灰，在信众的额上画上十字记号，作为悔改的象征。

啊，光滑、胆怯、怕事的小东西，
多少恐惧藏在你的心里！
你大可不必这样匆忙，
一味向前乱闯！
我哪会忍心拖着凶恶的铁犁，
在后紧紧追你！

我真抱憾人这个霸道的东西，
破坏了自然界彼此的友谊，
于是得了一个恶名，
连我也叫你吃惊。
可是我呵，你可怜的友伴，土生土长，
同是生物本一样！

我知道你有时不免偷窃，
但那又算什么？你也得活着呼吸！
一串麦穗里捡几颗，
这点要求不苛。
剩下的已够我称心，
不在乎你那一份。

可怜你那小小的房屋被摧毁，
破墙哪经得大风来回地吹！
要盖新居没材料，
连荒草也难找！
眼看十二月的严冬就逼近，
如刀的北风刮得紧！

你早见寂寞的田野已荒芜，
快到的冬天漫长又艰苦，
本指望靠这块避风地，
舒舒服服过一季。
没想到那残忍的犁头一声响，
就叫你家园全遭殃！

这小小一堆树叶和枯枝，
费了你多少疲倦的日子！
如今你辛苦的经营全落空，
赶出了安乐洞！
无家无粮，就凭孤身去抵挡
漫天风雪，遍地冰霜！

但是鼠啊，失望不只是你的命运，
人的远见也一样成泡影！
人也罢，鼠也罢，最如意的安排
也不免常出意外！
只剩下痛苦和悲伤，
代替了快乐的希望。

比起我，你还大值庆幸，
你的烦恼只在如今。
我呢，哎，向后看
一片黑暗；
向前看，说不出究竟，
猜一下，也叫人寒心！

罗伯特·彭斯[①]

如今呼号的北风已经停息，温暖的西南风刚刚苏醒，
众神乘云驾雾，地面绿旗飘飘。

乔治·梅瑞狄斯[②]

① 选自《写给小鼠》（*To a Mouse*），王佐良译。
② 选自英国诗人、小说家乔治·梅瑞狄斯（George Meredith）的《迟来的春天》（*Tardy Spring*）。

① 英文：goat willow，学名：*Salix caprea*。

② 英文：aspen，学名：*Populus tremula*。

③ 英文：alder，学名：*Alnus glutinosa*。

④ 英文：purple willow，学名：*Salix purpurea*。

MARCH 三月

在罗马历和一七五二年以前的英国教会年历中，三月才是一年的初始，法定新年从三月二十五日开始。直到一五九九年，苏格兰始将元月改至一月。罗马人将三月称为“马蒂乌斯”（Martius），此名源于战神玛尔斯（Mars）；盎格鲁－撒克逊人则称三月为“暴月”，意为“喧嚣”或“风暴”之月。

节日

三月一日	圣大卫节。
三月十二日	圣格雷戈里节。
三月十七日	圣帕特里克节。
三月二十五日	天使报喜节。

谚语

三月尘土一配克[1]，全年富贵如帝王。

三月雾浓，五月霜重。

三月借来四月天，却连三日未晴空。
首日飞雪夹冰雹，次日阴雨未断绝。
末日寒意冻彻骨，直叫众鸟罢树头。

三月找，四月瞧；
死活五月见分晓。

多变的三月，来时凶猛如虎，
去时温顺如羊。

① 配克（Peck），英制容积单位。1 配克等于 2 加仑。

March

March 三月

暴虐的三月终是来了，
带着风云及多变的天空；
我听见风在咆哮，
穿过雪谷又匆匆向前。

啊！零星的过客，一声声
夸赞这狂野暴虐的三月；
寒风呼啸，阴冷刺骨，
在我看来你却如此热情。

因为你，将喜悦的晴空
重新带回北方大地，
也是你，加入温柔之列，
以春天温柔的名义。

在那狂风暴雨的国度，
多少悠长明媚的夏日露出小脸，
当风变得轻柔温暖，
当天空披上五月的蓝。

布莱恩特[①]

春光悄悄地在说什么？
噢，是你呀，小溪流，
不情愿地从恍惚中回神，
开开心心地去欢迎
那拉网打渔的朋友，
再快一点，夏天就要来啦，
咿咿呀呀，风儿吹得真暖，
去水獭窝边唠叨，
常春藤在农庄前欢闹；
唤醒岸边的报春花，
吩咐堇菜睁开双眼，
在宁静的苍穹下，
流入满耳的"谢谢"！
这即将到来的狂欢多盛大，
小精灵成群穿过草原，
借着月光施下魔法，
带上用丛林银莲花做的王冠！
在黑刺李林中听见鸫鸟在歌唱，
一声声抚去心中的忧伤，
一首首好歌接着唱，
兴高采烈地欢迎春天——
春天来了！

诺曼·盖尔[②]

① 选自美国浪漫主义诗人威廉·卡伦·布莱恩特（William Cullen Bryant）的《三月》（*March*）。
② 选自英国诗人诺曼·盖尔（Norman Rowland Gale）的《春天》（*Spring*）。

在隐蔽的巢中孵卵
是件多么甜蜜的事啊！
在巢的荫庇中，有一只双目明亮
充满耐心的鸫鸟，
她花花的胸脯下，
孕育着五个即将诞生的小生命！

小鸟破壳
日近一日，
她无声的关爱，
从未减弱。
她胸上的羽毛随着岁月的流逝
日渐暗淡。

最终，薄薄的蓝色蛋壳
向外破开，
新生命苏醒，化成了
鸟的形态。
如一曲初生的乐曲，
降落天地间。

欧歌鸫[1]与雏鸟

欧歌鸫的蛋

现在鸫鸟妈妈
自豪又开心，
在舒适的窝中
有她漂亮的子女嗷嗷待哺，
并且在日落西山之时
等她哄着入睡。

诺曼·盖尔[2]

① 英文：song thrush，学名：*Turdus philomelos*。
② 选自《信条》（*A Creed*）。

一日　三月像只小羊羔，带着和风细雨，从西南而来。

四日　阳光明媚。这是春天里第一个温暖的日子。云雀在碧空中歌唱。我出门走了很长一段路，发现款冬花和平卧婆婆纳（procumbent field speedwell）已经盛开。一条小溪从一处地势较低处的灌木丛旁缓缓流过，在那洒满阳光的岸边，我发现大量报春花的幼苗，叶片簇拥在一起，好似一顶顶王冠，王冠中间装点着大大的花骨朵；白屈菜（celandine）的花蕊也已饱满，只消这种温暖的天气再持续一两周，这些花就能尽数盛放了。鸟儿们在哪儿都很活跃，在树篱中、在树梢上，叽叽喳喳，汇成一曲大合唱。

六日　今晚看到一只蟾蜍在大厅里跳来跳去，一定是从整日常开的院子门里溜进来的。今天又是个大晴天。连续三天晴天，引得树篱的嫩芽纷纷冒了出来；榆树花开得很大了，露出小小的花药和花丝。早上我去了长着黄水仙的田野，黄水仙花苞立在叶子上方，像一支支绿色的标枪笔直地竖着，在长矛一般的绿叶中挺立。

十日　骑车前往位于布什伍德（Bushwood）境内半英里的柳条（withy-beds）自然保护区。天阴沉沉的，下了好几场雨，乡间一片寒冷阴暗。没有阳光，榆树和桤木绽放的红色花朵也都显得比较暗淡。骑着自行车在树篱中穿梭，我看到了不少鸟儿都在冒雨筑巢。我稍稍偏离了主道，沿着通往金斯伍德（Kingswood）的羊肠小径往下走，想去一处陡峭的生长着蓝色小蔓长春花的河堤看看。河堤边上，大多的花儿才刚绽开，我找来找去只找到一朵完全盛开的花。随后，我又打算去另一处河堤看看，那里的河床中开着白色的堇菜，我曾在河堤边找到过白色的小蔓长春花。不过，那处河堤位置稍偏，离大路还有些距离，因此我不得不抬着自行车，在陡峭泥泞、荆棘扎脚的浅滩里走了四分之一英里，这一路两旁都是高耸的堤岸。在有树丛掩蔽的河岸上，我找到了不少白屈菜小花，以及莓叶委陵菜今春初开的花。

① 英文：hawthorn，学名：*Crataegus oxyacantha*。
② 英文：common elm，学名：*Ulmus minor*。
③ 英文：colt's foot，学名：*Tussilago farfara*。
④ 英文：lesser celandine，原学名：*Ficaria verna*。

March 三月

我躺卧在树林之中，
听着融谐的千万声音，
闲适的情绪，愉快的思想，
却带来了忧心忡忡。

大自然把她的美好事物
通过我联系人的灵魂，
而我痛心万分，想起了
人怎样对待着人。

那边绿荫中的樱草花丛，
有长春花在把花圈编织，
我深信每朵花不论大小，
都能享受它呼吸的空气。

四围的鸟儿跳了又耍，
我不知道它们想些什么，
但它们每个细微的动作，
似乎都激起心头的欢乐。

萌芽的嫩枝张臂如扇，
捕捉那阵阵的清风，
使我没法不深切地感到，
它们也自有欢欣，

如果上天叫我这样相信，
如果这是大自然的用心，
难道我没有理由悲叹
人怎样对待着人？

华兹华斯[1]

① 选自《写于早春》（*Lines Written in Early Spring*），王佐良译本。

March 三月

十日　在小路尽头处，我将自行车停靠在河岸边，就地在篱笆处野餐。

一只漂亮的松鸦（jay）披着一身春天的华羽，从小径上空呼啸而过，飞进对岸的落叶松林里。它似乎对人类闯入这片冷清之地感到愤慨。我很开心地发现白色的小蔓长春花仍在堤岸上“牵引着小小花环”，但是它们还只是些花骨朵儿；堇菜也一样，朵朵花苞藏在鲜嫩的绿叶下，才刚要绽放。百灵齐鸣，不过我依旧可以分辨出不同的声音，有欧歌鸫[1]、乌鸫、林岩鹨、云雀、鹪鹩、大山雀、苍头燕雀、金翅雀（greenfinch）、白鹡鸰（wagtail）和黄鹀（yellow bunting）。尤其是最后这只鸟儿——黄鹀，披着亮黄色的羽衣栖在树篱顶端，十分的引人注目；它重复着自己的鬼哭狼嚎——那根本算不上是一首歌——尾音很奇怪，而且拖得很长，一遍又一遍。乡间的人模仿黄鹀的叫声是“一点点面包，但不要奶酪”；而在坎伯兰郡（Cumberland），人们说黄鹀唱的是：“坏蛋坏蛋，不要碰俺！”在苏格兰，这种鸟被称之为“乐德林”（Yeldrin）或“黄娇娘”（Yellow Yowlie）。我注意到白色小蔓长春花的花朵有五片花瓣，而蓝色小蔓长春花只有四片，不知这两种花是否一向如此。[2]

十二日　昨日整天阴雨绵绵、狂风大作，今晨一场暴风雨果不其然如约降临，而我们就在这场风雪中醒来。雪花漫天飞舞，我却在其中听到了云雀的歌声。

十三日　昨晚又下了一场大雪。寒意袭来，万籁俱寂。今晨没有听到鸟鸣，它们都成群飞到草坪上去了，在那里等待被投食；紫翅椋鸟和雄苍头燕雀刚刚换上春装，看起来特别精神。

十四日　今天早上寒霜遍地，但阳光明媚。此时的太阳孔武有力，很快冰雪就消融了。下午的时候，我去了堇菜林，我很惊喜地发现，在一片隐蔽的林间空地上开出了鲜艳的紫色小花。在回家的途中，我在小路的一侧边坡上发现了一个知更鸟巢，明显刚刚竣工。这是我今年看到的第一个新筑好的巢。

二十日　今天我又去了一趟黄水仙花田；水仙花苞才刚刚泛黄。我发现了两个欧歌鸫的巢，都藏在冬青丛里；只不过一个鸟巢里是空的，另一个倒是栖息着一只正在孵蛋的欧歌鸫；它明亮的眸子勇敢地盯着我，我实在不忍心打扰它，尽管我十分想再偷偷瞄一眼那些蓝底带小斑点的蛋。今天见到了绿色的五福花。

---

① 原文为 thrush，泛指鸫科所有鸟类，这里译为欧歌鸫。

② 实际上小蔓长春花的花瓣都为五片。作者应该是观察的其他品种。

March

黄花柳三月的花序

蓝色和白色的小蔓长春花[1]

---

① 英文：periwinkle，学名：*Vinca minor*。

在燕子尚未归来之前，就已经大胆开放，
丰姿招展地迎着三月之和风的水仙花。
莎士比亚[1]

小小水仙，来到镇上，
身着黄裙，还有绿裳。

苍头燕雀[2]

黄水仙[3]

当水仙初放它的娇黄，
嗨！山谷那面有一位多娇；
那是一年里最好的时光，
严冬的热血在涨着狂潮。
莎士比亚[4]

---

① 选自《冬天的故事》（*The Winter's Tale*），朱生豪译。
② 英文：chaffinch，学名：*Fringilla coelebs*。
③ 英文：daffodils，学名：*Narcissus pseudonarcissus*。
④ 选自《冬天的故事》，朱生豪译。

March 三月

家麻雀[1] 紫翅椋鸟[2]

鹪鹩[3]

秃鼻乌鸦[4]

欧歌鸫

乌鸫[5] 知更鸟[6]

林岩鹨[7] 槲鸫[8]

三月里开始筑巢的鸟儿们的蛋

莓叶委陵菜[9]

---

① 英文：house sparrow，学名：*Passer domesticus*。
② 英文：starling，学名：*Sturnus vulgaris*。
③ 英文：wren，学名：*Troglodytes troglodytes*。
④ 英文：rook，学名：*Corvus frugilegus*。
⑤ 英文：blackbird，学名：*Turdus merula*。
⑥ 英文：robin，学名：*Erithacus rubecula*。
⑦ 英文：hedge sparrow，学名：*Prunella modularis*。
⑧ 英文：mistle thrush，学名：*Turdus viscivorus*。
⑨ 英文：strawberry-leaved cinquefoil，学名：*Potentilla fragarioides*。

唱得多畅快，这小小画眉[①]！
听起来不同凡响；
来吧，来瞻仰万象的光辉，
让自然做你的师长。

华兹华斯[②]

阴郁的冬天正在褪去，
西域的微风轻柔拂面，
斯坦利朵林的桦木里，
尽是欧歌鸫欢喜的歌，喔。

翱翔于牛顿森林上空，
白云成了云雀的团扇，
柳树的毛绒蓓蕾银灿灿，
装点荆棘丛生的堤岸，喔。

罗伯特·坦纳希尔[③]

当雏菊遍布草地，
乌鸫清歌响起，
我们怀着激动的心情，
一起迎接新年。

罗伯特·彭斯[④]

我园中倚向篱笆外的梨树，
把如雨的花瓣和露珠
洒满了树枝之下的苜蓿田；
聪明的鸫鸟在那儿唱，把每支歌都唱两遍，
为了免得你猜想：它不可能重新捕捉，
第一遍即兴唱出的美妙欢乐！

罗伯特·勃朗宁[⑤]

乌鸫的巢与蛋

然后鸫鸟唱歌
我的脉搏和榆树的新叶一起跳动。

伊丽莎白·芭蕾特·勃朗宁[⑥]

① 即欧歌鸫。
② 选自《转折》（*The Tables Turned*），杨德豫译。
③ 选自苏格兰诗人罗伯特·坦纳希尔（Robert Tannahill）的《隆冬不再》（*Gloomy Winter's Now Awa*）。
④ 选自《写给戴维的信》（*Epistle to Davie, A Brother Poet*）。
⑤ 选自英国诗人、剧作家罗伯特·勃朗宁（Robert Browning）的《海外乡思》（*Home Thoughts from Abroad*），飞白译。
⑥ 选自《奥罗拉·李》（*Aurora Leigh*）。

March 三月

二十五日　阵雪转雨夹雪。午后一场暴风雪。

二十八日　今天采了一些黑杨（black poplar）的深红色花序；三月最后的这几天又冷又干，北风凛冽，空气中处处都是三月灰尘。

今天早上，我看见有人从池塘里捞出了一些青蛙卵，还有些石蚕。这些石蚕用草木编成一个个滑稽的小筐，它们就窝在其中；有一只石蚕看起来格外聪明，将自己的房间墙上糊满了亮绿色的灯心草和水生植物。

三十一日　今天我骑车去了布什伍德，天空依然是阴沉沉的，但是道路干爽，路边景色宜人。三月像一只小羔羊般渐行渐远了。

今天我没有深入林中，想必再过一两周，林中就会铺满报春花了。不过，我在田地的两侧土堤和路边发现了好些报春花和香堇菜（有蓝色和白色）。在迪克小路的尽头处，我发现了今年第一朵盛开的犬堇菜。黄花九轮草还只有花苞，白屈菜却已经开得如火如荼，似明珠般照亮各个沟渠；莓叶委陵菜布满了整片田堤，使得田堤熠熠生辉。我沿途一共看见了四个鸟巢，两个是知更鸟的，两个是乌鸫的，只不过里面都没有蛋。当我在树篱间奔行时，我看见一大群漂亮的鸟。突然，一只灰中带青的小鸟扑扇着翅膀掠过小径，我思索了一会，猜想那一定是一只莺鸟（warbler）；没想到只过了一会儿，它又出现在我眼前，而且这次在树篱上停了一会，经过仔细观察，我才发现它原来不是莺鸟，而是一只戴菊（golden-crested wren）。说来也怪，我至今仍未看到任何夏天的访客。我知道穗䳭（Wheatear）[①]是每年最早抵达英格兰的鸟，但至今我还没有在这片乡间发现它的踪影。通常情况下，此地最早飞回的是叽咋柳莺，紧随其后的是欧柳莺（willow warbler）。

三月一整个月都寒气逼人，不过整体上还算干燥：头一周有那么两三天的天气还算晴朗宜人，就像是尝鲜体验了一把夏日。

五福花[②]

苔藓的胞芽杯

① 原文为 wheatear，即鹟科䳭属鸟，这里译为较为常见的穗䳭。

② 英文：moschatel，学名：*Adoxa moschatellina*。

比朱诺的眼睑，或是西塞利娅的气息更为甜美的暗色的紫罗兰。

莎士比亚[①]

像堇菜般孤寂却甜蜜，
像雏菊般活泼而珍贵，
依旧从低处向阳凝视，
依旧在冬日吐露芬芳。

克里斯蒂娜·罗塞蒂[②]

雪滴花和报春花使林地生色，
而堇菜正沐浴着清晨的露水。

罗伯特·彭斯[③]

你们呀，最早出现的堇菜，
纯紫色的斗篷已揭晓一切。

亨利·沃顿爵士[④]

春天在美丽的花园中醒来，
像爱之精灵无处不在；
花花草草在泥土的怀里，
从冬日的梦中醒来。
先是雪滴花，后来是堇菜，
在润雨浸湿的大地上醒来，
呼吸夹杂草地送来芬芳的空气，
像是有乐器伴奏的歌唱。

雪莱[⑤]

香堇菜[⑥]

① 选自《冬天的故事》，朱生豪译本。文中的“紫罗兰”应为“堇菜”，在后文中也是如此。
② 选自英国诗人克里斯蒂娜·罗塞蒂（Christina Rossetti）的《谁藐视这日的事为小呢？》（*Who Hath Despised the Day of Small Things？*）。
③ 选自《悲歌不再》（*My Nanie's Awa*）。
④ 选自英国作家、政治家亨利·沃顿爵士的《波西米亚的伊丽莎白》（*Elizabeth of Bohemia*）。
⑤ 选自《含羞草》（*The Sensitive Plant*）。
⑥ 英文：sweet violet，学名：*Viola odorata*。

四月

四月得名于希腊词语“开启”；欧洲的许多国家，在四月的第一天都有一个滑稽的习俗，它历史悠久，却至今没有一个满意的解释可以说明其由来。在这一天，人们会想方设法哄骗一个单纯或对他人所言不加怀疑的人，让他去办一件徒劳无用的差事。在英格兰，这些被戏耍的人被叫作“四月愚人”（april fool），苏格兰人称这种习俗为“打呆鸟”（hunting the gowk），而法国人把这天上当受骗的人称之为“四月鱼”（april fish）[①]。

节日

四月一日　　　愚人节。
四月二十三日　圣乔治节。
四月二十四日　圣马可节前夜。

谚语

四月天气，晴雨一起。

四月吹起小喇叭，干草庄稼笑哈哈。

四月洪水大，卷走卵和蛙。

① 一般认为愚人节起源于法国。法国人认为小鱼在四月刚刚出生，糊里糊涂容易上钩，因此他们称那些容易上当受骗的人为四月鱼。至今，人们在愚人节这天还会在愚弄对象的背后贴上一条纸鱼来做恶作剧。

APRIL

当杂色的雏菊开遍牧场，
蓝的紫罗兰，白的美人衫，
还有那杜鹃花吐蕾娇黄，
描出了一片广大的欣欢。

莎士比亚[①]

① 选自《爱的徒劳》(*Love's Labour's Lost*)，朱生豪译。文中的美人衫应为草甸碎米荠，杜鹃花应为金发毛茛。

APRIL 四月

唉！青春的恋爱就像
阴晴不定的四月天气，
太阳的光彩刚刚照耀大地，
片刻间就遮上了黑沉沉的乌云一片！

莎士比亚[①]

很快空中传来四月之风的歌唱，
周围千万朵野花尽相绽放；
绿色的花苞在春露中闪光，
一切春季的狂喜一如往常。

约翰·基布尔[②]

花儿们，来这儿呀！——越过高山草地
甜蜜的气息和大海嬉戏；伴随春日温柔的笑声与泪水，
我听见欧歌鸫歌唱，在那滴水的枝上；
你呀，点缀美丽绿野的花萼和繁星，
你呀，多刺的荆豆编成的黄金羽翼；
你呀，为紫色盛会所生的忧郁风铃，
你呀，山楂树乳白的花苞上布满荆棘；
你呀，宝石般的堇菜，蔚蓝色的眼睛；
脸儿泛红的银莲花，害羞的精灵。
穿过每一道开裂的墙——来吧！在我唱歌的时候，
将你们的春雨洒在我身边。

艾菲·霍尔登[③]

小羊在草地上咩咩啼，小鸟在鸟窝里叫唧唧，
小鹿在和影子嬉戏，小花被风吹向西。

走出去吧，孩子们，从矿井和城市走开。
放声唱吧，孩子们，像小画眉鸣叫。
把那漂亮的樱草花大量地采摘，
大声笑吧，来感觉花儿在你手指间穿绕！

伊丽莎白·芭蕾特·勃朗宁[④]

① 选自《维洛那二绅士》（*The Two Gentlemen of Verona*），朱生豪译。
② 选自英国牧师、诗人约翰·基布尔的《十一月》（*November*）。
③ 选自伊迪丝·霍尔登的姐姐、英国诗人艾菲·霍尔登的《致敬之歌》（*A Song of Salutation*）。
④ 选自《孩子们的哭声》（*The Cry of the Children*），杨苡译。文中的樱草花应为黄花九轮草。

春天最让人愉悦的事
便是能再次闻到你的芬芳，
那花中最清新的馨香；
蓝铃花将矮林点亮，
报春花为峡谷铺路，
而你头上的花朵美得毫不矫饰。
空地上，
新生的黄花九轮草
在阳光、微风、细雨的亲吻下成长。
那火红的花露，
是春天的菁华，
染红伊摩琴[①]的胸膛。

沐浴阳光的你，生了点点雀斑；
小孩子屈膝折下你
坚硬的花茎，
将你金色的花朵，
装入她雪白的衣兜。

她手脚麻利，
采了一大把，
像权杖上的宝珠；
手握花之权杖，让人不禁
在这四月的花海里骄傲地昂起头。

你是我花的初恋，
能将我黝黑的脸颊埋在
绿茵茵的草地里是件多么美好的事啊；
怀抱我采摘来的花朵，
亲吻那纯洁温暖
如美丽少女双唇的花瓣，
这一片金黄又怎能
与其绿色植物之名相称。
在这片夺目的金色花朵中
也许囚禁着
某位高贵的黄花九轮草女王，
高傲的她，统治着这一切。

阿尔弗雷德·海斯[②]

① 伊摩琴（Imogen）是莎士比亚剧作《辛白林》（*Cymbeline*）中的辛白林之女。
② 选自英国诗人、翻译家阿尔弗雷德·海斯《致黄花九轮草》（*To the Cowslip*）。

APRIL 四月

一日　阴天，无风。前往一片小矮林，去看大圆叶柳（great round-leaved willow），这一景象当下独好：大片柳树覆盖着金色的柳絮，好像几百盏仙灯，将矮林点亮。蜜蜂在周围嗡嗡飞舞，忙着采蜜。

四日　已经有三天阳光大好了。今天我又发现了一处长着野黄水仙的田地。在阳光的召唤下，树木和树篱很快发出了新芽。就这几天，欧亚槭和山楂树看上去已经大不相同了，落叶松（larch）也已经开始长出花穗。

七日　又是一个晴天。今天我骑车去诺尔（Knowle），沿途看到了许多正在花期的驴蹄草和黑刺李。蝌蚪从果冻一般的卵中孵化，摇着黑不溜秋的小尾巴，在水中疯狂地窜来窜去。不知何时，一条鮈鱼（gudgeon）被扔到水塘里，它可大饱口福了，好多蝌蚪都成了它的腹中美食。
活血丹也开花了。

九日　前往布里斯托尔（Bristol）附近的斯托克教堂（Stock Bishop）。伍斯特郡（Worcestershire）内，埃文（Avon）河一带地势低洼而肥沃的土地里开满了驴蹄草，看上去一片金黄。当我们穿过格洛斯特郡（Gloucestershire）的时候，河岸上星星点点开满了报春花，除此之外，我还看到许多黄花九轮草。李树（plum tree）和乌荊子李树（damson tree）都开花了。

十日　继续南下，前往位于达特穆尔高地（Dartmoor）的道斯兰（Dousland）。一路上，报春花开得郁郁葱葱。

十一日　大晴天。早晨，我去田野里散步，采了些报春花，其中有好几朵是我生平所见的最大的报春花。野草莓、早生野豌豆、白花酢浆草、硬骨繁缕（greater stitchwort）都开花了。下午，我前往沼地，牵回家一匹矮种马和一匹小马驹。两匹马身上的皮毛十分厚实，像披上了冬季大衣，好看极了。我准备明天早上把它们画下来。
站在高地上，整个世界似乎就只有天空和荆豆——散发着芬芳的金色花朵在万里无云的天空下连绵几英亩。两只毛眼蝶在阳光下翩翩起舞。

我来了，我来了！你已经呼唤我许久，
我翻山越岭，携着光芒与歌曲！
在苏醒的大地上，你可以
循着拂过初生的堇菜的微风，
循着阴暗的草丛中星星点点的欧报春，
循着我路过时在我身边舒展开的绿叶，
找到我来时的路。

我越过北方电闪雷鸣的群山，
走过挂满花穗的落叶松。
波光闪耀的海面上，有渔夫在捕鱼；
驯鹿在草地上欢快跳跃，
松树铺上了嫩绿的颜色，
苔藓在我的踩踏下闪闪发光。

赫门兹夫人[①]

银莲花，与堇菜花，
仍未给缤纷色彩增添馥郁香气，
将苍白的一年加冕得羸弱而崭新。

雪莱[②]

每逢太阳西下，
报春花就全然绽放；
每逢堇菜盛开，
就会让人津津乐道。

华兹华斯[③]

愉快的清晨从云雀的叫声中苏醒，
鸟儿的翅膀上还沾着露珠，
乌鸫在它白昼的掩蔽处鸣叫，
叫声在矮林中盘旋。
欧歌鸫百啭千声的歌喉，
让慵懒的一天进入梦乡。
它们的快乐充满爱与自由，
有的是抚慰，而非奴役。

河堤上盛开的百合花，
山腰下绽放的报春花；
峡谷中出芽的山楂树，
那奶白色的一片，是黑刺李绽放的花！

罗伯特·彭斯[④]

① 选自英国诗人赫门兹夫人（Mrs. Hemans）的《春天的呼唤》（*The Voice of Spring*）。
② 选自《一个邀请》（*The Invitation*）。
③ 选自《小白屈菜》（*To the Small Celandine*）。
④ 选自《在春天到来之际，献给苏格兰玛丽女王的一曲哀歌》（*Lament of Mary, Queen of Scots, On the Approach of Spring*）。
⑤ 英文：wood anemone，学名：*Anemone nemorosa*。
⑥ 英文：primrose，学名：*Primula vulgaris*。
⑦ 英文：dog violet，学名：*Viola canina*。

十二日　一上午都在田地里画小矮马和小公马。阳光强烈但凉风习习。看见了一只孔雀蛱蝶（peacock butterfly）和一些盛开的红门兰（purple orchis）。

十三日　愉快的周五。今天我去了巴雷托尔（Burrator），下到米维峡谷（Meavy Glen）深处。天气很干燥，若此时能来一场大暴雨，一定会使得许多花儿绽放。这座峡谷在米维村旁边，进入峡谷后，到处都是报春花和白花酢浆草，星星点点散落在鹅卵石和树根丛中。梣树（ash tree）上开满了小花，几株幼小的槭树也花叶正茂。当我们在河岸边休息的时候，一只鹭鸟（heron）映入我们眼帘。它从对面斜坡上的树林里飞出来，只掠过树林上空便又远去。在一片棕色的光秃秃的树林映衬下，它那粉红色的长腿和灰色的羽衣显得格外显眼。我们回家时横穿了沼泽地，因此看到好些地方开满了灿烂的荆豆花；但是在雅娜敦低地（Yannadon Down），我们只看到一大片荆豆焚烧后留下的黑色痕迹。

十四日　看见今年的第一只燕子和一只黄色的钩粉蝶。

十五日　复活节 星期天。又是一个明媚的日子。看见了一对白腹毛脚燕；仔细观察了露天水渠里的鳟鱼（trout）；在一棵小山楂树上发现了一个快要完工的苍头燕雀的鸟巢。

十七日　粉色的蝇子草开得正盛。穿过田野，我看见一大片开花的樱桃树，一棵棵沿着一旁田堤一字排开。堤埂将田野一分为二，沿着小径向前延伸，在如今这个时节，堤埂上长满了小野花和蕨类植物，就像是镶嵌着珠宝的珐琅瓷器；矮树篱环绕着堤埂宽阔的顶部，就像给堤埂戴上一顶王冠，蓝铃花也开得越发厚密。黑刺李丛现在煞是好看，那一簇簇洁白无瑕的花朵和深黄的荆豆形成了鲜明的对比。

B小姐今天早上收到了从牛津郡（Oxfordshire）寄来的一束可爱的白头翁花。

十九日　阳光明媚，东北风强劲。动身徒步去劳里（Lawry）。路过雅娜敦低地时，我们看见一只小野兔（hare）在荆豆丛中的一个浅坑里。它纹丝不动，直到我们差点踩上去，它才从帚石南和荆豆丛中匆忙窜走。想要去劳里，就必须沿着又长又陡的小路一直向下走，不过我在岸边看见了许多盛开的粉色远志（milk-wort）、直立委陵菜和石蚕叶婆婆纳。在修渠工的白色小茅屋对面，我们拐进一条小路，穿过一大片长满沼生荆豆的草地。这片草地十分广袤，一直延伸至湖边。荆豆花和黑刺李花开得正茂，泥潭中也满是溪堇菜和水毛茛（small water crowfoot），不过冒了头的泥塘花卉依旧寥寥无几。我们还发现了一些马先蒿的花。

① 英文：wall butterfly，学名：*Lasiommata megera*。
② 英文：sloe，学名：*Prunus spinosa*。
③ 英文：small garden white，学名：*Pieris rapae*。
④ 英文：crab apple，学名：*Malus sylvestris*。
⑤ 英文：wood sorrel，学名：*Oxalis acetosella*。
⑥ 英文：marsh marigold，学名：*Caltha palustris*。

① 英文：house martin，学名：*Delichon urbicum*。
② 英文：barn swallow，学名：*Hirundo rustica*。
③ 英文：early purple orchid，学名：*Orchis mascula*。
④ 英文：pasture lousewort，学名：*Pedicularis sylvatica*。

① 英文：sand martin，学名：*Riparia riparia*。

② 英文：early purple Vetch，学名：*Lathyrus linifolius*。

③ 英文：wild strawberry，学名：*Fragaria vesca*。

④ 英文：greater stitchwort，学名：*Stellaria holostea*。

APRIL 四月

十九日　在人工水渠的背阳一侧，长青苔悬垂于水面之上，上面挂着一条条冰凌。在采石场下方的劳里路上，我看见一个乌鸫的鸟巢。它堪称是我生平所见过的最精致的乌鸫鸟巢。整个鸟巢用苔藓制成，安置在紧靠路边生长的荆豆丛枝上。鸟妈妈正坐在巢中，它那明亮而漆黑的眼睛直直注视着我们，可身体却纹丝不动，坚守着自己的岗位。

下午去了哈克沃西桥（Huckworthy bridge），这座桥横跨沃尔克姆河（River Walkham）之上；这一路都是下坡路。在河边草甸中，我惊喜地发现一株盛开的蓝色的牛舌草（blue alkanet），我去年七月就在这里见过它，就在河边这处凸出的堤岸上。沿着田埂走过，到处都是厚密的报春花；我采了一些草甸碎米荠、异株蝇子草、蓝铃花和乌荊子李（bullace）。在回家的途中，看见一棵花开正茂的鹅耳枥树。

二十日　今天我不仅听见了叽咋柳莺的叫声，而且还见到了其真身，这还是今年的头一回。像是一大群飞到了附近，我看见了三只不同的鸟儿，今天我还第一次在沼泽中看见石鹏（stonechat）。

二十二日　去了比克利谷（Bickleigh Vale）——一个三面环山的狭长深谷，沿着沼泽一切而下，两侧的陡坡树林密布，普利姆河（River Plym）从其深处蜿蜒而出。地表铺满了银莲花和蓝铃花，报春花更是随处可见；高大笔挺的扁桃叶大戟长着红色的茎和淡绿色的花，十分惹人注目。我还是第一次看见这种植物。我们不知不觉走至一片林间空地，虽小却很开阔，于其间偶遇一丛金灿灿的金雀花。整个河谷被树林厚厚地覆盖住——这儿真是鸟儿的天堂；在一片鸟鸣中，大山雀、叽咋柳莺、知更鸟和鹪鹩的声音最容易分辨。我们发现了碎米荠花田以及一些开花的山地婆婆纳（mountain speedwell）。接着我们穿过树林，徒步行走了四英里，到达河谷远端的普利姆桥。在那里，我们看见一只水鸫（water ouzel）掠过水面，钻进又老又灰的石桥下的拱形桥洞内，桥面上每道裂缝中都可以看到绿色的蕨类小植物。然后，我们走到了马什米尔斯车站（Marsh Mills Station），穿过狭窄的德文郡道（Devonshire），两边的高坡上垂挂着鹿舌蕨（hart's tongue fern）和穗乌毛蕨（hard fern）那已干枯的似乎是去年的叶子。我们在这里找到了正在开花的光亮老鹳草（shining cranesbill）、罗伯尔氏老鹳草（herb robert）、蔓柳穿鱼（ivy-leaved toadflax）和小花糖芥。在持续了三周多的干旱天气后，今夜终于迎来了一场大雨。

---

① 英文：wood spurge，学名：*Euphorbia amygdaloides*。
② 英文：pasque flower，学名：*Pulsatilla vulgaris*。

① 英文：painted lady butterfly，学名：*Vanessa cardui*。
② 英文：white birch，学名：*Betula albe*。
③ 英文：hornbeam，学名：*Carpinus betulus*。
④ 英文：chiffchaff，学名：*Phylloscopus collybita*。
⑤ 英文：bilberry，学名：*Vaccinium myrtillus*。
⑥ 英文：marsh violet，学名：*Viola palustris*。

① 英文：garlic mustard，学名：*Alliaria petiolata*。

② 英文：evergreen alkanet，学名：*Pentaglottis sempervirens*。

③ 英文：brimstone butterfly，学名：*Gonepteryx rhamni*。

④ 英文：ground ivy，学名：*Glechoma hederacea*。

APRIL 四月

二十三日　晴天但气温很低。看见两条被人们从沼泽里活捉回来的蝰蛇（viper），其中一条体长超过两英尺。抓住他们的是一位绅士，他毫不畏惧地摆弄着这两条毒蛇。他捏住其中一条的后颈部，用一根小木棍撑开它的嘴，向我展示它上颚处的两颗粉色小毒牙。

当把它们放到地上时，这两条蛇便盘竖起来，嘶嘶地叫着，不停地攻击放在前方的一根手杖。

站在雅娜敦低地的最高处，看着太阳渐渐消失于山后。远方地平线处的云彩被染成夺目的金色和紫色，上方是一片澄澈的金色天空。我们正沉醉于这样的美景中，突然一只鹰闯入夕阳上方的那片金色海洋。它轻轻振翅，身形在那片金光中停留良久，随即陡然降落，潜入下方农场的紫色暮影中。

二十五日　今天又发现两个苍头燕雀的巢，还发现一个林岩鹨的巢，里面有四枚鸟蛋。就在过去的一两天内，我已经在这一带发现了柳鹪鹩（willow wren）的身影。一位道斯兰当地人带我去了一处河岸，那里长满荆豆和荆棘，他告诉我一定会有燕雀（bramble finch）在这儿筑巢。我久仰这种鸟的盛名，却从未有幸见过，所以我很想再去一次，好好观察观察。

二十七日　发现了两个由苔藓筑成的鹪鹩巢，一个在干草堆旁边，一个在堤岸边。见到一只雨燕。

二十八日　一阵阵的冰雹和雨夹雪。

二十九日　昨夜里下了场大雪；今晨起床看向窗外，到处都是白茫茫的一片；雨雪纷纷，给远处的凸石蒙上一层神秘的面纱。不久太阳出来了，在晴空照耀下，可以看见远处的凸石上覆盖了厚厚一层雪。

乡间其他地区早就听到布谷鸟的叫声了；但在这片沼泽地区，我们至今还未曾听到。

三十日　凛冽的东北风；阵雨频繁，偶尔天晴。整个四月下半旬，天气寒冷，暴风雨不断。

孔雀蛱蝶[①]及其幼虫

① 英文：peacock butterfly，学名：*Aglais io*。

极北蝰[1]

蝰蛇在英格兰一些地方相当多见，而在别的地方却从不出现。这种蛇剧毒无比，被它咬伤的话有时会致命，所以乡下人十分害怕这种蛇，常常因为想尽早除掉这种毒蛇而误杀别的无害的水游蛇（grass snake）。其实蝰蛇很好辨认，其脊椎上方有一条由黑色斑点构成的链条状纹路。蝰蛇的食物包括蛙、鼠、鸟等。和大多数蛇一样，蝰蛇也是一种很胆小的生物，它遇到敌人时，总是倾向于避开而非攻击。

约翰·乔治·伍德[2]

① 英文：common European viper，学名：*Vipera berus*。
② 选自英国作家约翰·乔治·伍德（John George Wood）的《林地博物志》（*Wood's Natural History*）。

我听见轻柔的一声，从远方的树林里传来。
幽绿林间空地的精灵，低吟他那悦耳的名字。
是的，就是他！鸟中的隐士，离群独处；
以单调的语气，向轻柔的西风缓缓诉说；
布谷！布谷！它再次歌唱，音符不加修饰。
最简单的曲调却最快奏响心灵深处之泉。

马瑟韦尔[①]

这是快乐的夜莺，迅疾地，追促地，
滔滔不绝地倾吐着清婉的旋律，
仿佛它担心：四月的一夜太短了，
来不及唱完一篇篇爱情赞歌，
来不及让它载满了乐曲的灵魂
卸下这沉沉重负！

柯勒律治[②]

① 选自苏格兰诗人威廉·马瑟韦尔（William Motherwell）的《来了！愉快的夏日》（*They Come! The Merry Summer Months*）。
② 选自《夜莺》（*The Nightingale*），杨德豫译。

我亲爱的妈妈，你一定要准时醒来早早叫我，早早叫我；
明天将迎来欢乐的新年里最幸福的时光；
妈妈，那是在欢乐的新年里，最开心也最疯狂的一天；
因为我将成为五月女王，妈妈，我将成为五月女王。

忍冬编出如波的花架围绕门廊；
草甸沟渠边吹过草甸碎米荠淡淡的甜香；
野生驴蹄草如火般闪耀在灰暗的沼泽和洼地中，
而我将成为五月女王，妈妈，我将成为五月女王。

妈妈，在那草甸之上，晚风徐徐，
空中幸福地星星，仿佛也被晚风吹亮，
明天一整天都不会有一滴雨，
而我将成为五月女王，妈妈，我将成为五月女王。

妈妈，所有山谷都充斥着绿意与生机；
黄花九轮草和毛茛开满山岗，
小溪在繁花似锦的山谷中肆意流淌，
因为我将成为五月女王，妈妈，我将成为五月女王。

所以我的好妈妈，你一要准时醒来，早早叫我，早早叫我，
明天将迎来欢乐的新年里最幸福的时光；
妈妈，那是在欢乐的新年里，最开心也最疯狂的一天；
因为我将成为五月女王，妈妈，我将成为五月女王。

丁尼生[1]

① 选自英国诗人丁尼生（Alfred Tennyson）的《五月女王》（*The May Queen*）。

① 英文：white dead nettle，学名：*Lamium album*。
② 英文：goldilocks buttercup，学名：*Ranunculus auricomus*。
③ 英文：red dead nettle，学名：*Lamium purpureum*。
④ 英文：wood avens，学名：*Geum urbanum*。

① 英文：cuckooflower，学名：*Cardamine pratensis*。
② 英文：wild pear，学名：*Pyrus communis*。
③ 英文：cowslip，学名：*Primula veris*。
④ 英文：germander speedwell，学名：*Veronica chamaedrys*。

MAY 五月

五月名称的由来颇具争议。古代作家认为其名源自墨丘利（Mercury）之母迈亚（Maia），罗马人习惯在五月的第一天为她献祭。英格兰人通常将五月的第一天称为“五朔节（May Day）”，在过去，人们会在这一天的破晓时分走出家门，迎接春天的到来。五朔节女王①和花柱②一度风靡整个英国。不过在1717年，最后一根立在伦敦的五朔节花柱被拆除了。在罗马历中，五月又被称为“玛丽之月（the Month of Mary）”。

节日

五月一日 五朔节

谚语

不出五月，不减衣服。

冬日脱去大衣的人终会在五月穿上。

五月剪羊毛，毛尽羊冻死。

五月寒风狂，年末满谷仓。

无论幸福与悲伤，五月豆苗长得忙。

① 五朔节女王（May queen），被选为五朔节庆祝活动的女王的少女，以花冠加冕。
② 五朔节花柱（Maypole），欢庆五朔节时常围绕此柱跳舞、游戏。

① 英文：chaffinch，学名：*Fringilla coelebs*。
② 英文：bluebell，学名：*Hyacinthoides non-scripta*。

五月

一日　气温依然很低，阴雨连绵，阳光偶尔现身。今天去了去布里斯托尔。相比于三个礼拜前的景象，现在的田园风光可漂亮多了。河岸边的报春花依旧郁郁葱葱，树篱青翠欲滴，苹果园里更是百花竞放；栎树长出第一批或金黄或古铜的叶子。萨默塞特郡（Somerset）的草甸因布满黄花九轮草而呈现出耀眼的黄色，但是在德文郡却很少看到这种花，只有北边靠近郡界处才有一些；当地农民会跟你解释说这是因为这里的土壤对这种花而言是“好过头了”。在德文郡，夜莺也同样是稀客。我曾听说过一个原因，说是因为德文郡没有夜莺赖以为食的昆虫，我觉得这个解释有些道理，这繁花似锦、土壤肥沃的英格兰一隅本该是夜莺的天堂。

二日　回到沃克里郡；气温微微回暖，雨却依然下个不停。

三日　温暖的西南风带来丰沛的降水。收集了一些野梨的花，还采摘到了今年第一束黄花九轮草。看见两只雌乌鸫端坐它们的巢中，其中一个巢被建在光秃秃的树上。野苹果树上还只有花骨朵儿，蓝铃花也是。

四日　听到了布谷鸟叫。

五日　今天沿着威德尼道（Widney lane）往下走的时候，我见到了一对灰白喉林莺，他们显然是一对冤家，在灌木丛中互相追逐，一路高声尖叫。在布莱斯河附近（Blythe），我看到一对十分俊俏的黑头鹀（black-headed bunting）。小溪边的草甸上，驴蹄草和银白色的草甸碎米荠竞相开放。我还在这里采集到了田野毛茛（cornfield crowfoot）和原拉拉藤（cross wort bedstraw）。

七日　今天湿热难耐。我在埃尔姆登公园的沼地灌木丛里，发现一个藏得极为隐蔽的知更鸟巢。发现这个鸟巢纯属意外，我当时正弯下腰采黄花九轮草，突然一只知更鸟从我身边的一棵桤木树根下方冲出来，它掠过我的手背，飞快地逃走了。这棵桤木还只是个小小一棵，不过却有四条粗壮的根将它撑起，悬空于地面，形成一个小拱门。知更鸟就在这棵树正下方的空洞里筑了巢，并产下了五枚蛋。现在的野苹果树上和灌木丛中缀满了粉色的小花和深红色的花苞，看起来十分好看。

四月过去，五月接踵来到，
燕子都在衔泥，白喉鸟[①]在筑巢！
罗伯特·勃朗宁[②]

灰白喉林莺[③]及其巢

① 即灰白喉林莺。
② 选自《海外乡思》（*Home Thoughts From Abroad*），飞白译。
③ 英文：common whitethroat，学名：*Sylvia communis*。

MAY 五月

美丽的五月随后款款而至，
最妙的是她正当时节的娇柔，
将裙兜里的花朵洒向大地，
她坐在两兄弟的肩上向前走，
就像勒达的双子随侍左右；
就像抬着他们无上的女王。
天哪！当她经过，全场哗然，
舞蹈欢腾，欣喜若狂！
丘比特一身绿意，游荡在她身旁。

斯宾塞[①]

温馨的五月，明丽的清晨，
大地已装扮一新，
四下里远远近近，
溪谷间，山坡下，
都有孩子们采集鲜花；
和煦的阳光照临下界，
母亲怀抱里婴儿跳跃……

唱吧，鸟儿们，唱一曲欢乐之歌！
让这些小小羊羔
应着鼓声而蹦跳！
我们也想与你们同乐，
会玩会唱的一群！
今天，你们从内心
尝到了五月的欢欣！

华兹华斯[②]

---

① 选自《仙后》。
② 选自《永生的信息》（*Ode: Intimations of Immortality*），杨德豫译。

① 英文：wild beaked parsley，学名：*Anthriscus sylvestris*。

② 英文：red campion，学名：*Silene dioica*。

五月

九日　路边青、匍匐筋骨草和车前草（plantain）都到了花期，而一些栎树也垂下了许多长长的穗状花序。

我今天看见了一个黑水鸡的巢，就在池塘边的一棵老桤木的树桩上，树桩稍微伸出了岸边一点。鸟巢由小树枝和干芦苇筑成，里面有一枚蛋。我采了一大束花回家，有蓝铃花、异株蝇子草和峨参，随处可见峨参的白色伞状花序在树篱上摇曳。

十一日　在路边看见一只蜷曲着身子的死刺猬。

十二日　去了埃文河畔（Aven）的斯特拉特福（Stratford），顺道穿过草甸去了肖特里（Shottery）。途中，我从树篱上摘了一些山楂花，因为毛茛花（buttercup）盛开，整个田野都是金灿灿的，而岸边则是蓝色婆婆纳（blue speedwell）的天下。沿着铁轨望去，无边无尽的蒲公英煞是好看。

十四日　黄昏时分去了堇菜林，如今的那里是一片蓊郁苍翠。林中多是冷杉（fir）和槭树，尤其是槭树枝繁叶茂。林中地面铺满了盛开的斑点疆南星，那淡绿色的佛焰苞（spathe）与兔子做窝的红色土堤相印衬，煞是夺目。其中一些叶鞘带着斑点，我还看见有一片呈现出泛红的紫色。那些硕大俊俏的绿叶在早春时节格外好看，可惜现在已经开始枯萎了，如今是花开时节。

我留意到山毛榉也悄悄开花了，只是花朵和树叶的颜色都是绿色，还难以清晰分辨开来。如今栎树上也结满了累累的橡子。

十六日　在一周持续升温的天气后，各种花儿尽相绽放，美不胜收；可惜好景不长，凛冽的北风与冰雹卷土重来。今天早上虽然北风呼啸，仍是电闪雷鸣。下午的时候天气好转，我出门为我的绘画课采集一些斑点疆南星。途经树林时，我在树下的草地上捡到一枚鸫鸟的蛋。一些七叶树[①]上已经缀满了白色的小花。

十九日　上午从诺尔回来，当到达威德尼时，我决定稍作休息。我又一次在布莱斯河沿岸看见了芦鹀（reed bunting），我觉得它们一定是在这附近筑了巢。相比于我两周前在这里看到的景象，河边的沼泽地里明显又开出了许多新的花朵。当时整片沼泽都是连绵不绝的金灿灿的毛茛，而现今整片草甸则呈现出荅碎米荠那可爱小花的白色。

① 英国的小孩常用欧洲七叶树的果实两两互相敲击，若一方的坚果被敲碎，那么另一方就获得胜利。这一传统游戏被称为康克戏（conkers）。

哪里有真正的生活，哪里就有真爱。
我就学会了爱英格兰。多少次，
在白昼诞生之前，亦或者
经由午后神秘的羊肠小道，
我甩开猎人，肆意投入
山林深处，像是被追赶的雄鹿
将要饮水，却害怕地颤栗
带着追赶的激动，终究逃过一劫，
翠绿的山峰层层叠嶂
隔开我和身后敌人的屋子，
我才敢休息，放慢脚步
踩着小草也更为惬意，
远眺这大地最温柔的涟漪
（仿佛上帝的手指没有用力，只轻轻一触
便有了英格兰）这般起起伏伏
青翠欲滴，却又不是太大，
土地的波痕，小巧的山丘，天空
也温柔地弯下腰，麦田慢慢往上爬；
兰花遍布河谷两岸的所有角落，
看不见的溪流喋喋不休；
还有你不知道的开阔的牧场
是白雏菊还是白露，有时
神秘的栎树和榆树引人注目
在壮观的树荫里泰然自若——
我想这片我祖祖辈辈的乡土
是如莎士比亚般珍贵的宝物。

伊丽莎白·芭蕾特·勃朗宁[①]

① 选自《奥罗拉·李》。

噢，毛茸茸的蜜蜂，脏兮兮的小东西，
你的后腿沾着金粉！
噢，勇敢的驴蹄草花蕾，黄得如此艳丽，
请给我一捧你的金币！

噢，漏斗花，打开你那紧合的苞叶，
那里住着一对双胞胎斑鸠！
噢，斑点疆南星，为我敲响紫色的玲锤
就挂在你那青翠的铃铛下面！

吉恩·英格洛[1]

熊葱[2]

① 选自英国诗人、小说家吉恩·英格洛（Jean Ingelow）的《第一个七年》（*Seven Times One*）。
② 英文：common garlic，学名：*Allium ursinum*。

斑点疆南星

May 五月

十九日　我还采了一些花野芝麻、羽衣草（lady's mantle）、田野勿忘草（field scorpion grass）和熊葱，后者刚从绿色叶鞘里挣脱出来。绕着树篱上下翻飞的雏鸟，大多是乌鸫和欧歌鸫。我看见一只早熟的小知更鸟试图捉住一条几乎相当于自身三倍长的虫子。这周看到两只蜂王（queen wasp）。

二十二日　枸骨叶冬青、槭树和花楸树正值花期。

二十六日　今天漫步在田间，我采了许多小巧可爱的黄花三色堇，它们长在杂草和车轴草丛里；这个品种远不及深黄花堇菜（mountain pansy）好看。在英国山地牧场和山坡上，到处可以看见深黄花堇菜的身影，它的花瓣是饱满的紫色和黄色。我还采了一些盛开的野茜（field madder）和粉色车轴草。

二十九日　铁轨边许多滨菊（dog daisy）已经开花了。我姐姐带回家了一束美丽的白色粒牙虎耳草，据她说是在哈顿（Hatton）附近的田野里摘的。

落生花（common earth nut）、烟堇（fumitory）和天蓝苜蓿（black meddick）正值花期。

五月份依旧阴冷多雨。

槭树[①]的花　　枸骨叶冬青[②]的花

① 英文：maple，学名：*Acer*。
② 英文：holly，学名：*Ilex aquifolium*。

① 英文：common beech，学名：*Fagus sylvatica*。
② 英文：common oak，学名：*Quercus robur*。
③ 英文：sycamore，学名：*Acer pseudoplatanus*。

更得我心的金雀儿在远方，
在考登瑙斯山坡上盛放，
那么甜美，那么娇柔，
除此之外再无芬芳。

苏格兰民歌

每一座陡坡上都开满鲜花，
杂树林中遍布一条条金色血管。

华兹华斯[1]

树枝染上金色
成为寒冬一景
色彩明艳，枝叶青翠
仿佛是夏日的再次到来。

* * *

天使躲在五月林间
用艳丽光芒细细绣花——
用黄金装点薄纱游丝——
是上帝的火焰——光明的珠宝。

威尔士诗人 戴维兹·阿普·格威利姆[2]

威尔士人有时将这种植物称为“染料木”（Melynog-y-waun）或“草甸金翅雀花”。但其正式的叫法是“*Planta Genista*”，因为这种花曾是金雀花王朝（Plantagenet）历代帝王的徽章。

金雀儿[3]

① 选自《罗瑟河，美丽的罗瑟河岸》（*Rotha, the River Banks of the Rotha*）。
② 选自威尔士诗人（Dafydd ap Gwilym）的《金雀花丛》（*The Grove of Broom*）。
③ 英文：common broom，学名：*Sarothamnus scoparius*。

① 英文：meadow buttercup，学名：*Ranunculus acris*。
② 英文：large bitter cress，学名：*Cardamine amara*。
③ 英文：yellow weasel snout，学名：*Lamium galeobdolon*。
④ 英文：yellow heartsease，学名：*Viola tricolor*。
⑤ 英文：common bugle，学名：*Ajuga reptans*。

锐刺山楂

众多宣告五月到来的花蕾
排着节日的队列将田野点缀，
比一比谁是真正的勇士；
山楂树那纯洁的花朵
换上平整的白色礼服，
在山楂光芒下，恶意之眸也充满盈光。
威廉·布朗[1]

树篱生机勃勃，
有鸟有虫还有大白蝴蝶
看上去仿佛重获生机的山楂花
迎着风扑扇向前。
伊丽莎白·芭蕾特·勃朗宁[2]

① 选自英国诗人威廉·布朗（William Browne）的《不列颠的牧歌》（*Britannia's Pastorals*）。原书将该诗作者误记为乔叟（Chaucer）。

② 选自《奥罗拉·李》。

① 英文：large garden white，学名：*Pieris brassicae*。
② 英文：white meadow saxifrage，学名：*Saxifraga granulata*。
③ 英文：herb robert，学名：*Geranium robertianum*。
④ 英文：blue field madder，学名：*Sherardia arvensis*。

欧柳莺[1]喂食雏鸟

① 英文：willow warbler，学名：*Phylloscopus trochilus*。

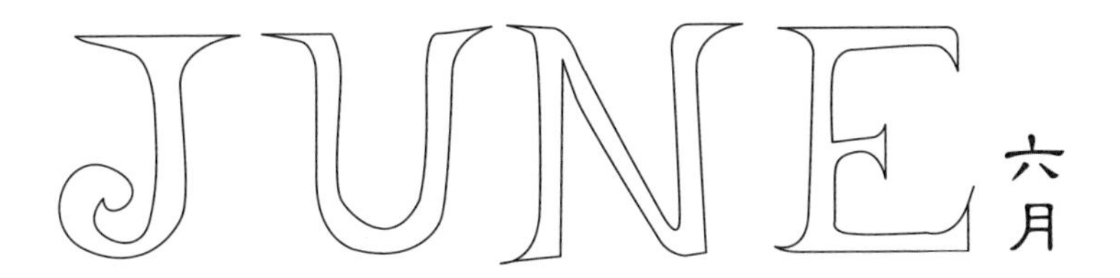

六月

在旧拉丁历中，六月是一年中的第四个月。奥维德称，人们为了纪念天后朱诺（Juno），故而将六月命名为“June”，而其他作家则认为六月的由来与古罗马执政官尤利乌斯·布鲁图斯（Junius Brutus）有关。事实上，六月的名字由来很可能是以农业活动为参照，这一月份最初代表作物成熟的月份。盎格鲁－撒克逊人将六月称为“旱月”或“仲夏月”，而为了与七月相区别，他们又称六月为“小夏月”。夏至出现在六月。

《不列颠百科全书》

节日

六月十一日　　圣巴拿巴节。

六月二十四日　仲夏日（施洗约翰诞辰）。

六月二十九日　圣彼得节。

谚语

五月雾，六月暑，万物按部走。

六月雨，万物调。

六月湿暖，农人无憾。

巴拿巴节灯火明，白昼无边夜无眠。

巴拿巴节初刈草。

JUNE 六月

一日　西北风。上午下午都是雷雨天气。

二日　今天在威德尼的沼泽地里，我看到了盛开的黄色碎米荠。许多草甸被毛茛花染成了金黄色，其中又有一些星星点点红色，那是含苞待放的酢浆草。

三日　明媚晴朗，迎来第一个夏日。

四日　降灵星期一（whit monday）[①]。又一个夏日，采了大白屈菜，看到了盛开的有柄水苦荬和小鼻花（yellow rattle）。

五日　一整天阳光灿烂，万里无云。

六日　又一个阳光灿烂的六月天，和一大群人自驾去亚宁盖尔公地（Yarningale Common），途径诺尔、巴德斯利·克林顿庄园（Baddesley Clinton）、罗克索尔村（Wroxall）和什罗利（Shrewley）。公地一带，密密麻麻的，都是刚长成的寸草和荆豆丛；尽管花开得还不多，但是空气中已经弥漫出百里香（thyme）的芬芳。草地中长满各种各样的小野花，有紫色和红色的远志、直立委陵菜、草甸马先蒿、岩生拉拉藤以及两种野豌豆和两种婆婆纳。除此之外还有许多鸟儿，最多的要数赤胸朱顶雀（common linnet）和莺鸟，它们轻快地穿梭在荆豆丛中。我还看到一对草原石䳭（whinchat）和一些草地鹨（titlark）。我们在荆豆丛和荆棘丛里发现了八个鸟巢——一个黄鹀的，两个赤胸朱顶雀的，一个灰白喉林莺的，一个欧柳莺的，一个金翅雀的，最后是两个鸫鸟巢。大部分的鸟巢里都有雏鸟，只有黄鹀的巢里是四枚鸟蛋。公地四周随处可见潘非珍眼蝶，莽眼蝶和菜粉蝶也有很多。除了这些蝴蝶外，我也只见到过红襟粉蝶（orange tip）了。

八日　骑车穿过威德尼，我在沼地边采了些焰毛茛和布谷鸟剪秋罗。所有的毛茛都开花了，有高毛茛、金发毛茛和匍枝毛茛等变种。今年的栎树上栎瘿累累，在我的印象里，这还是头一次。栎树的叶片上有许多绿色的小毛毛虫。栎瘿的形成是由一种小昆虫——瘿蜂（gall wasp）造成的，其作用是为瘿蜂的幼虫提供庇护和养分。雌虫会先在栎树树枝上戳破一个小孔，然后将自身分泌的一种刺激性液体或病毒，连同自己的卵一起注入植物组织中。当植物组织受到刺激后，便会异常发育成畸形瘤状物，即瘿瘤。而当幼虫在瘿瘤内部完成变态过程后，成虫便会挖个小隧道逃出来。

---

① 又称圣灵降临节，是纪念耶稣复活后差遣圣灵降临而举行的庆祝节日。

① 英文：smooth heath bedstraw，学名：*Galium saxatile*。

② 英文：meadow brown butterfly，学名：*Maniola jurtina*。

③ 英文：small heath butterfly，学名：*Coenonympha pamphilus*。

④ 英文：tormentil，学名：*Potentilla tormentilla*。

⑤ 英文：common milkwort，学名：*Polygala vulgaris*。

JUNE 六月

五月后是欢快的六月，将万物
染上绿色，他正是一名演员；
在他的季节里，工作表演两不误，
那把铁犁掀起的尘埃之间；
他骑着巨蟹，就那么出现，
歪歪扭扭地走着，
还倒着走，像船工习惯
朝相反的方向用力划动；

斯宾塞[1]

一片无云天，一片帚石南，
紫色的毛地黄，黄色的金雀儿；
我俩同行，跋涉其间；
抖落蜂蜜，踏着芬芳。
成群的蜜蜂绕着车轴草，
成群的蚱蜢在脚下蹦跳，
成群的云雀把晨歌齐唱，
感谢上帝，为这多娇的生活。

吉恩·英格洛[2]

为何你的心总是向往
希腊阳光下的草地？
我们的鸣鸟的音符欢快流淌，
我们的绵羊的羊毛同样漂亮；
我们的群山中有蜜蜂，
斜倚的梨树里也有——
相信我这儿就是世外桃源
就是那枝繁叶茂的沃克里郡。

诺曼·盖尔[3]

---

① 选自《仙后》。
② 选自《半》（*Divided*）。
③ 选自《枝繁叶茂的沃克里郡》（*Leafy Warwickshire*）。

① 英文：orange-tip butterfly，学名：*Anthocharis cardamines*。
② 英文：ox-eye daisy，学名：*Leucanthemum vulgare*。
③ 英文：meadow foxtail grass，学名：*Alopecurus pratensis*。
④ 英文：purple clover，学名：*Trifolium pratense*。
⑤ 英文：white clover，学名：*Trifolium repens*。

JUNE 六月

八日　晚上看到一只猫头鹰从圣伯纳德路（St.bernard's road）后方花园上飞过。这是我第一次在奥尔顿（Olton）看见猫头鹰。

九日　G小姐今天带来一束暗色老鹳草，是她从谢尔登（Sheldon）附近小径一侧的土坡上摘的。这种野生状态下的老鹳草十分罕见，其种子十有八九源自某座花园，不知为何落入那一带的土壤中。

十二日　蕨麻（silverweed）、软雀花（wood sanicle）、鬃狮牙苣（rough hawkbit）、小柳叶草和聚合草（comfrey）都开花了。最近几周都是驱疝木的花期。今天是入夏以来第十一个无雨的大晴天。

十三日　今天下午在埃尔姆登公园的一条小水渠里采到了好些具节玄参和石龙芮（celery leaved crowfoot），还看到了盛开的欧白英、浆果薯蓣和匍匐委陵菜。整个上午天空都很阴沉，我还没到家，暴雨就来了。久旱逢甘霖，实是大快人心。

十四日　荚蒾、接骨木和林当归（wild angelica）都进入了花期。

欧洲荚蒾[1]

① 英文：wild guelder rose，学名：*Viburnum opulus*。

① 英文：dusky crane' s-bill，学名：*Geranium phaeum*。
② 英文：brooklime，学名：*Veronica beccabunga*。
③ 英文：lesser spearwort，学名：*Ranunculus flammula*。
④ 英文：figwort，学名：*Scrophularia nodosa*。

金银花藤密密地纠绕着的凉亭里，
在那儿，繁茂的藤萝受着太阳的煦养，
成长以后，却不许日光进来。

莎士比亚①

万物闪烁着露珠的光辉，
如带的绿意中洒落点点野蔷薇。

司各特②

因为玫瑰，喔，玫瑰！是繁花的眼睛，
是草甸自知美丽而泛起的红晕，
是穿过凉亭而来的美丽闪电，
将苍白的恋人偷偷照亮。
喔，玫瑰吐露爱意！喔，玫瑰举起酒杯
在爱神的唇畔，为心上人祈愿！
喔！玫瑰，为了世人卷起可爱的叶子，
却乐在其中，花瓣艳丽无边
笑对西风。

萨福③

羊叶忍冬④

① 选自《无事生非》（*Much Ado About Nothing*），朱生豪译本。
② 选自苏格兰小说家、诗人沃尔特·司各特（Walter Scott）的《湖上夫人》（*The Lady of the Lake*）。
③ 选自古希腊诗人萨福（Sappho）的《玫瑰颂》（*Song of the Rose*），中文版翻译自伊丽莎白·芭蕾特·勃朗宁的英译本。
④ 英文：perfoliate honeysuckle，学名：*Lonicera caprifolium*。

犬蔷薇[1]

① 英文：dog rose，学名：*Rosa canina*。

JUNE 六月

夜晚降临，旷野如旧，
干咳的小河叮当作响，
日间无声，此时欢腾；
割下一半的平原弃在一边，
无边小草寂静！货运马车铃儿响；
割草机哭叫，狗儿们忙吠，
都在这沉睡的农场！
一整天的工作已结束，
最后一波干草机已退场。
从那高处的百里香，
从那白色的接骨木花朵，
篱笆上浅淡的犬蔷薇，
莎草中薄荷生长，
夜风吹来一阵芬芳
那被白昼遗忘的芳香，
远方澄澈的地平线上，
看，初生的星辰正在跳动，
天净如水，高山之上！
夜晚降临，旷野如旧。

马修·阿诺德[①]

匍匐委陵菜[②]

① 选自英国诗人、评论家、教育家马修·阿诺德（Matthew Arnold）的《狂欢》（*Bacchanalia*）。
② 英文：creeping cinquefoil，学名：*Potentilla reptans*。

① 英文：black bryony，学名：*Tamus communis*。
② 英文：wild service tree，学名：*Sorbus torminalis*。

① 英文：banded demoiselle，学名：*Calopteryx splendens*。
② 英文：yellow iris，学名：*Iris pseudacorus*。

JUNE 六月

十五日　鸟儿依旧不分昼夜的歌唱，只不过相比于一个月前，这支合唱队的组成音色不再那么丰富。为了养活一大家嗷嗷待哺的雏鸟，忧心忡忡的家长们花费了大量的时间和精力，因此也就没时间歌唱了。

我看到几只白腹毛脚燕伫立在路边，衔泥筑巢，模样十分可爱。它们那长满绒毛的短腿看起来就像穿了白色的袜子。

今天，我偶然找到了一片毛地黄田，可把我惊喜坏了。花朵是漂亮的紫色，花开淋漓。这是今年里我头一次见到开花的毛地黄。

十六日　看到第一朵盛开的野蔷薇——是娇嫩的粉色，开在高高的树篱顶上；黑莓也开花了。蔷薇和忍冬都结出了花骨朵儿，但因为今年寒天持续太久，它们的花期也延迟了。

二十日　看见了第一片收割过的青草地，割草机正在好几块三叶草地里工作。独活草和百脉根也开花了。

二十三日　骑车穿过威德尼：沼地里的黄菖蒲早已绽放，在小溪边发现一大片蓝色的沼泽勿忘草（forget-me-not）。正当我弯腰采花时，一只漂亮的华丽色蟌从水面掠过，萤火般在灯心草丛里闪烁了一下，随即消失不见。草甸中开了不少花儿，很多种都是今年初放——广布野豌豆、叶轴香豌豆、豆瓣菜（water cress）、四籽野豌豆（slender tare）、丝毛飞廉、林地水苏（hedge woundwort）和软毛老鹳草（dove's foot cranesbill）。

① 英文：water forget-me-not，学名：*Myosotis palustris*。

① 英文：foxglove，学名：*Digitalis purpurea*。
② 英文：trailing rose，学名：*Rosa arvensis*。

JUNE 六月

二十四日 仲夏夜。

布谷鸟开始换调，不久后他就会唱“布——布谷”，而不是单纯的“布谷”了。在英格兰南部，有一个关于布谷鸟叫声的迷信说法：当你听到布谷鸟叫，得拔腿就跑，且边跑边数听到了几声鸟鸣，一直数到听不见为止，这样的话，你数到几就能增寿几年——反正德文郡的老太太是这么告诉我的。关于布谷鸟还有不少韵诗。

四月杜鹃[1]啼，
五月歌声齐，
六月换小曲，
七月身影移，
八月无处觅。
布谷好布谷好，
一边飞一边叫，
叫一声布谷！
天空更明了。

二十五日 今天进行了一次长途乡间远足，沿途经过凯瑟琳·德·巴恩斯（Catherine de Barnes）、阿登地区汉普顿（Hampton in Arden）、比肯希尔（Bickenhill）和埃尔姆登公园。沿途所经的各条门径上都充斥着野蔷薇和忍冬的芬芳；微风掠过树篱，轻抚我们的面庞，还带着车轴草地和草甸的清香。路边野草蓬勃，皆是那么可爱。草甸上有许多盛开的花朵，我在芳草中采了一些夏枯草（selfheal）和地榆，又在树篱上摘了红瑞木的花儿和苍白的法国野蔷薇。我们在树篱下野餐，周围是盛开着的或粉或白的车轴草，以及比人还要高的青草，它们已然压弯了腰；此时，一对兴奋的知更鸟在我们旁边的灌木丛里振翼啁啾，显然很好奇我们这会儿蹲在它们领地的角落里做什么。在路旁池塘边见到了一大群漂亮的小蜻蜓——淡蓝色带黑斑。埃尔姆登公园池塘里，萍蓬草也已完全盛开。

二十八日 接连两天阴雨天。今天早上的报纸报道了昨天发生在英格兰西南诸郡和南威尔士地区的地震，震区从布里斯托尔一直延伸到曼布尔斯（Mambles）。

三十日 虞美人（scarlet poppy）、苦苣菜（sow thistle）、翼蓟（plume thistle）和黄木犀草（wild mignonette）正值花期。

整个六月异常炎热，日照充足，雷雨频繁。

---

① 杜鹃鸟又叫作布谷鸟，有时也特指大杜鹃为布谷鸟，因其叫声似“布谷”。

绿色的灯心草——噢，如此明亮，
灯心草会窃窃私语、沙沙作响、摇摇晃晃，
迎向飘渺的薄雾，没有珠宝的女王，
难掩富贵，绿眼蜻蜓稍作停歇，
在无形的花朵上空徘徊；
翅膀上闪烁着小小彩虹。

吉恩·英格洛⑤

---

① 英文：common rush，学名：*Juncus effusus*。
② 英文：ragged robin，学名：*Lychnis flos-cuculi*。
③ 英文：great burnet，学名：*Sanguisorba officinalis*。
④ 英文：beaked sedge，学名：*Carex rostrata*。
⑤ 选自《四座桥》（*The Four Bridges*）。

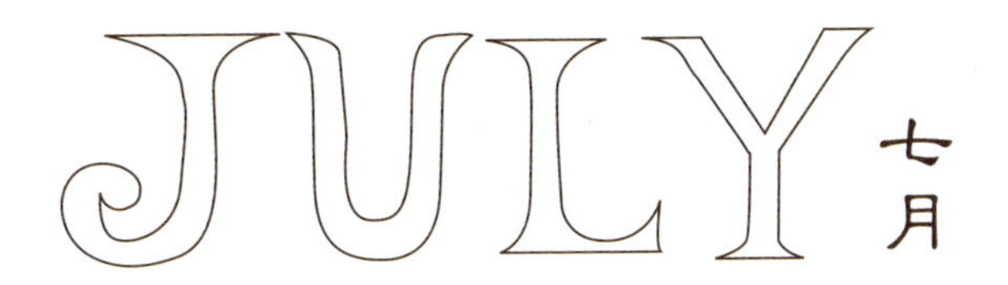

七月

七月，这个在我们现在的日历上排一年中第七的月份，原本是一年里的第五个月份，罗马人称之为第五月（quinctilis）。后来更名为“尤利乌斯”，是为了纪念出生于此月的尤利乌斯·凯撒（Julius Caesar）。盎格鲁-撒克逊人称七月为“草月”，因为此月的草甸上花开正茂，为了与他们称为“小夏月”的六月相区分，他们又把七月称为“大夏月”。

节日

七月三日　　始入三伏天。
七月十五日　圣斯威森节。
七月二十五日　圣雅各节。

谚语

斯威森节若下雨，
一下必下四十天。
斯威森节天晴好，
四十天内雨不扰。

五月蜂群值堆草，
六月蜂群值银勺，
七月蜂群不如蝇。

七月割黑麦。

JULY 七月

炙热的七月来了，沸腾如火，
他甩去身上厚重的衣袍：
骑着一头怒气冲冲的雄狮，
他大胆驱狮，令其臣服；
背后一把长柄大镰刀，
身侧腰带上还有一把小镰刀。

斯宾塞[1]

斑鸠为我哭泣，
风中摇摆的小麦笑得甜美，
远处的田园山丘坡度平缓，
莎草丛生的溪边红牛相会，
一同涉水，一同酒醉。

吉恩·英格洛[2]

百脉根染黄了林中草地；
黄色的委陵菜，叶片盛满露水；
黄色的景天，黄色的藓堤；
青涩的小麦摇摆，变作金黄一束。
青黄色，来自林间绿啄木鸟（yaffle）的笑声，
光与影的边缘如镰刀般锋利。
大地在心中大笑，看着天空，
想着收获，我也想到自己。

乔治·梅瑞狄斯[3]

① 选自《仙后》。
② 选自《荣光》（*Honour*）。
③ 选自《河谷之恋》（*Love in the Valley*）。

① 英文：great dragonfly，学名：*Ictinogomphus ferox*。
② 英文：white water lily，学名：*Nymphaea alba*。

JULY 七月

一日　气温宜人，但是是阴天，西北风徐徐。

六日　第三个阳光明媚的日子，已经五天没有下雨了。今天下午F小姐送了我一束蜂兰，是她在伯克郡（Berkshire）野外摘得。

七日　骑车去诺尔，途径了威德尼。如今树篱上已团花盛开。各种野蔷薇争奇斗艳，花期早一些的犬蔷薇和晚一些的法国野蔷薇都开了花。好些地方的树篱如张灯结彩般挂着浆果薯蓣和忍冬的花环。浅粉色的黑莓花和一大丛又大又白的接骨木花十分引人注目。高高的紫色毛地黄，还有因为兜着沉甸甸花粉而变得摇头晃脑的野草，浑身缠绕着紫色黄色的野豌豆花和车轴草花，都一路沿着堤岸向上攀爬，拼命迎向树篱。大片盛开的沼泽勿忘草使威德尼沼地的部分区域变得蓝盈盈的，还有奶油色的绣线菊，沿着沟渠排成一列。我看见一群小绿飞蛾（moth）绕着栎树振翅飞舞，那棵树春天里就被它们的毛虫糟蹋得不成样子了；除此之外，我还看到了许多荨麻蛱蝶和莽眼蝶。在一片种着小麦的庄稼地里，我看到许多盛开的罂粟（opium poppy），那红红紫紫的硕大花朵在绿叶间犹如块块色斑。在帕克伍德庄园（Packwood House）的池塘里，收获一朵漂亮的白色睡莲。

蜂兰[①]

十一日　乘火车去诺尔，步行穿过田野去帕克伍德。田野上到处都是晾晒的干草，而教堂前的草坪依旧无人修剪；因为是低洼沼地，草丛里开了不少花儿——地榆深红色的花头、滨菊、夏枯草、小鼻花、疆矢车菊（knapweed）、紫斑掌裂兰（spotted orchid）以及黄色的、紫色的野豌豆。采了一把凌风草，我们又在溪上小桥逗留了一会，采了一些直立黑三棱。经过庄稼地的时候，我注意到几乎每一支麦杆上都缠绕着小田旋花，这儿还有不少带着古怪多刺果皮的田野毛茛。我在路边采了林地鼠尾草（wood germander）、宝盖草（henbit dead-nettle）——所有红野芝麻里颜色最鲜亮的一种——还有车叶草（woodruff）、艳金丝桃、贯叶连翘（perforate St. John's wort）、粉色和白色的锦葵（mallow）、柳兰、叶轴香豌豆、百脉根、小蓝盆花（small scabious）以及今年头一回见到的圆叶风铃草。如今女贞树也开花了，椴树绿色的小花苞在枝头保持了好几周，这会儿已经张开了花瓣。

---

① 英文：bee orchid，学名：*Ophrys apifera*。

① 英文：meadow sweet，学名：*Spiraea salicifolia*。
② 英文：small tortoiseshell，学名：*Aglais urticae*。
③ 英文：small upright St. John's wort，学名：*Hypericum pulchrum*。
④ 英文：stinging nettle，学名：*Urtica dioica*。

JULY 七月

十四日 雨过天晴。今天按照我每周惯例骑车去了诺尔，那条必经的小径相较于一周前，新开出了许多种花儿——田野孀草（field knautia）、小蓝盆花、多肋稻槎菜、水芹（water dropwort）、苣荬（corn sow thistle）、丝路蓟、墙生莴苣（ivy-leaved lettuce），还有好几种山柳菊（hawkweed）。那些在今年惨遭毛毛虫糟蹋的栎树，这会儿竟又长出许多新叶。

十六日 今天看到一只乌鸫坐在巢里，它的巢安在了高高的山楂树篱上。

一直以来糟蹋栎树树叶的毛毛虫，原来是小绿栎卷蛾（small green oak moth）。

二十一日 骑车去巴德斯利（Baddesley），又从巴德斯利步行去巴尔索尔圣殿（Balsall Temple）。据我所知，几年前有人曾在这一带的小溪边发现过野生风铃草（wild canterbury bell），我急切地想再次寻觅它的芳踪，终于得偿所愿。生长在沟渠深处的紫色风铃草，那高高的花穗格外显眼，周围就是绣线菊和荨麻丛。我奋不顾身闯了进去，不过荨麻已经高过我的头顶，我实在难以忽视它的存在。我艰难地穿过草甸来到小河岸边，千屈菜才刚刚开花。我还在这里发现了一些蓝色的草原老鹳草。小溪边尽是大片的水玄参（water figwort），娇小可爱的直立黑三棱上面缀着淡金色的头状花序。大朵的沼泽勿忘草四处疯长，河床上有一块地方已经被萍蓬草占满了。我在河岸边摘了两朵萍蓬草和一片平整的泛着光泽的叶子。

我还看见一只漂亮的翠鸟掠过水面。那儿有几片高高的灯心草丛，快有六英尺高了，蓝绿色的茎秆，棕色的花朵虬结成簇，我猜那一定是水葱（club rush）的一种。这便是乡村的美妙之处了——莎草密布的小溪从低洼的草甸中蜿蜒而出，水生花朵和灯心草沿着两岸密密成行。我偏离了主路，大约走了一英里，然后拐入一条狭窄小径，如此跋涉全是为了寻找丛生风铃草（spreading campanula）。几年前它曾在这一带现身，但是现在却消失不见了，一点踪迹也没留下。我沿着巴尔索尔上游的一条小径继续前行，碰巧看到了一大群莽眼蝶，其实这一路我看到了不少这种蝴蝶，只不过这一次他们多到遮天蔽日，无处不在，好像四周空气都因为它们而变得稀薄了。小径的一侧是开阔的草地和陡峭的河岸，密密麻麻生长着宝盖草和疆矢车菊。草丛上方的女贞树篱中开满了小花。

① 英文：branched bur-reed，学名：*Sparganium erectum*。
② 英文：common flowering rush，学名：*Butomus umbellatus*。
③ 英文：spotted palmate orchid，学名：*Orchis maculata*。
④ 英文：rose-bay willowherb，学名：*Epilobium angustifolium*。

① 英文：purple tufted vetch，学名：*Vicia cracca*。
② 英文：red-tailed humblebee，学名：*Bombus lapidarius*。
③ 英文：meadow vetchling，学名：*Lathyrus pratensis*。

① 英文：red admiral，学名：*Vanessa atalanta*。
② 英文：greater bird's-foot trefoil，学名：*Lotus pedunculatus*。
③ 英文：lesser bird's-foot trefoil，学名：*Lotus corniculatus*。

① 英文：fine bent grass，学名：*Agrostis vulgaris*。
② 英文：common nipplewort，学名：*Lapsana communis*。
③ 英文：bittersweet，学名：*Solanum dulcamara*。

① 英文：lime，学名：*Tilia europaea*。

② 英文：hive bee，学名：*Apis mellifica*。

③ 英文：common bumble bee，学名：*Bombus terrestris*。

④ 英文：privet，学名：*Ligustrum vulgare*。

① 英文：small bindweed，学名：*Convolvulus arvensis*。
② 英文：couch grass，学名：*Elymus repens*。
③ 英文：quaking grass，学名：*Briza media*。
④ 英文：silky bent grass，学名：*Apera spica-venti*。
⑤ 英文：brome grass，学名：*Bromus*。

欧洲龙牙草[2]

桃叶风铃草[1]

① 英文：peach-leaved bellflower，学名：*Campanula persicifolia*。

② 英文：common agrimony，学名：*Agrimonia eupatoria*。

JULY 七月

二十一日（续） 大概就是女贞的强烈香气将蝶群引至此处。在一处干燥高地的斜坡上，我采到了大麻叶泽兰（hemp agrimony）。角落处有个干涸的泥灰坑，我下到它的底部，并找到了些毛蕊花（great mullein）的淡黄色花穗和海绿色叶子。

二十三日 柳穿鱼、豚草（Ragweed）和菊蒿（tansy）都开花了。

三十一日 湿热难耐的一天。这个月的温度飙升到入夏以来的最高峰。

普通翠鸟[①]

① 英文：common kingfisher，学名：*Alcedo atthis*。

欧亚萍蓬草[1]

---

① 英文：yellow water-lily，学名：*Nuphar lutea*。

柳叶草[①]　　千屈菜[②]

① 英文：great hairy willowherb，学名：*Epilobium hirsutum*。

② 英文：purple loosestrife，学名：*Lythrum salicaria*。

① 英文：magpie moth，学名：*Abraxas grossulariata*。

② 英文：meadow crane's-bill，学名：*Geranium pratense*。

③ 英文：yellow toadflax，学名：*Linaria vulgaris*。

④ 英文：common ragwort，学名：*Senecio jacobaea*。

① 英文：welted thistle，学名：*Carduus crispus*。
② 英文：cotton thistle，学名：*Onopordum acanthium*。
③ 英文：welted thistle，学名：*Carduus acanthoides*。

八月

八月得名于奥古斯都大帝（Emperor Augustus），虽然八月并非其诞辰月，却见证了他的命中大幸。八月原本只有30天，可象征尤利乌斯·凯撒大帝的七月有三十一天，后来人们为了使奥古斯都大帝在任何一方面都不逊色于凯撒，觉得有必要给八月也再添上一天。

《不列颠百科全书》

节日

八月二十四日　圣巴多罗买节。

谚语

任斯威森节再多暴雨，遇圣巴多罗买节转瞬成空。

圣巴多罗买节，寒露悄悄现。

八月二十四好天晴，秋来丰收好憧憬。

AUGUST 八月

最好的月份！丰满的夏日女王
一年中最好的时光
身披闪烁着太阳光辉的长袍，
美妙的八月来了。

米勒[①]

在盛开的帚石南丛中，
柳雷鸟振翼起跳，
来吧，让我们尽情喜悦，
领略自然的魅力，
沙沙作响的谷物，硕果累累的荆棘
和所有幸福的造物。

罗伯特·彭斯[②]

蕨原无风，
湖面无波；
白尾海雕在巢里打盹，
小鹿找到了凤尾蕨；
小鸟不再高歌
欢快的鳟鱼懒得动弹，
传来雷霆的乌云层，
就像一条紫色的裹尸布
缠绕本莱迪的远山。

司各特[③]

---

① 库姆·米勒（R. Combe Miller），英国牧师。
② 选自《佩琪》（*Peggy*）。
③ 选自《湖上夫人》。

AUGUST

AUGUST 八月

一日　温暖明媚，伴随来自西南方的微风。

二日　采了开花的泽泻。

四日　本打算去庄稼地里采虞美人，不曾想今天早些时候的一场暴雨将花瓣打得七零八落。在庄稼地里看到了三种不同种类的蓼属（persicaria）植物，回家途中经过的田埂上长了许多圆叶风铃草。
收割季开始了。

九日　去了卡莱尔（Carlisle），驾车开了八英里路穿越坎伯兰道，河岸上满布圆叶风铃草、柳穿鱼和山柳菊。低矮的树篱环绕河岸，树篱上还有随风飘摇的如同长缎带般的忍冬和三花拉拉藤（sweet-scented bedstraw）。田野里许多地方都被豚草染黄了。

十一日　去了位于珀斯郡（Perthshire）的卡伦德（Callander）。

十四日　搭乘西高地火车，去了奥本（Oban），又回来。沿路看见各种各样的野花——田埂上有毛果一枝黄花、蓝铃花和帚石南；泥塘和沼地里满是绣线菊、柳兰、车轴草、疆矢车菊和小蓝盆花。捕虫堇（butterwort）的花期已经结束，沼金花菜也是一样。

十七日　骑车沿着门蒂斯湖（Lake of Menteith）到阿伯福伊尔（Aberfoil），又绕着阿克雷湖（Loch Achray）、卡特琳湖（Loch Katrine）和韦纳哈湖（Loch Vennachar）骑回来。今天天气晴朗，能见度很高，远景如画。在阿伯福伊尔和特罗萨克斯隘道之间的山脊上，我在帚石南丛中发现了鲜红色的熊果和花开正茂的茅膏菜（sundew）。在韦纳哈湖畔找到了一些龙胆草（gentian）。

二十三日　在堆石山上写生高地牛群，我发现短短的草皮上长出大片娇小漂亮的三色堇。碰巧看到一个长满梅花草的大泥塘，四周环绕着帚石南和刺柏丛（juniper bush）。后者的果子还泛着青色。

二十四日　在山坡上看见了好几只雄黑琴鸡（blackcock）。

① 英文：great water plantain，学名：*Alisma plantago-aquatica*。
② 英文：creeping loosestrife，学名：*Lysimachia nummularia*。

① 英文：harebell，学名：*Campanula rotundifolia*。
② 英文：mayweed，学名：*Anthemis arvensis*。

① 英文：common red poppy，学名：*Papaver rhoeas*。

① 英文：sneezewort yarrow，学名：*Achillea ptarmica*。
② 英文：devil's-bit scabious，学名：*Succisa pratensis*。
③ 英文：common eyebright，学名：*Euphrasia officinalis*。

① 英文：heather，学名：*Calluna vulgaris*。
② 英文：cross-leaved heath，学名：*Erica tetralix*。
③ 英文：fine-leaved heath，学名：*Erica cinerea*。

苹果蔷薇[2]的果实

毛果一枝黄花[1]

① 英文：goldenrod，学名：*Solidago vulgaris*。

② 英文：apple rose，学名：*Rosa villosa*。

August 八月

二十五日　骑车穿过斯特拉西尔（Strathyre）和洛亨黑德村（Lochernhead），去厄恩湖（Loch Earn）角上的圣菲伦斯村（St. fillon's）。近几天连续的大雨淹没了大片河谷地区，如今河谷的各处居民都在忙着晾晒干草。树木和灌木丛上的浆果开始变得鲜艳夺目，尤其是花楸果、覆盆子（raspberry）（高地十分常见）和某种野蔷薇结的硕大且呈现深红色的果子。我在圣菲伦斯村采到了今年第一批黑莓。厄恩湖北侧的道路上风景十分宜人，道路紧挨着湖边，绕湖约有六英里长，道路一侧是轻拍堤岸的湖水，另一侧是沿着陡峭山坡向上延伸的林木。路边种了许多好看的树，我就是在这儿见到了我生平所见过的最美丽的落叶松。

二十八日　今天，正当我穿过田野去找牛群时，我看见一只杓鹬（curlew）落在地上，紧接着一只沙锥（snipe）从我脚边的草丛里突然飞起。一大群紫翅椋鸟绕着吃草的牛群团团转，跟在它们屁股后面走，看起来似乎是趁着牛群吃草来捕获被翻搅出的小昆虫。

这个月苏格兰几乎天天下雨，但是在英格兰，这个月算是有史以来最晴朗的月份之一。

① 英文：red bearberry，学名：*Arctostaphylos uva-ursi*。

② 英文：bog myrtle，学名：*Myrica gale*。

梅花草[①]　　紫花三色堇

① 英文：grass of parnassus，学名：*Parnassia palustris*。

鸫鸟在欧亚花楸[1]上采食浆果

---

① 英文：rowan，学名：*Sorbus aucuparia*。

AUGUST 八月

她住在群山伸向大海的地方，
河流与潮水在此会晤，
梅纳罗湾的金色花楸，
正是人们给她取的名字。

她的灵魂不为任何境遇
所迫使或遏制；
梅纳罗湾的金色花楸
时光也为了她停驻！

她的玩伴为爱人而生，
只有那害羞的漫步者，
梅纳罗湾的金色花楸
知道其心中所爱另有他人。

她所爱的是一切野生事物；
聆听一只松鼠的唧唧声，
梅纳罗湾的金色花楸
于她而言已是欢乐足够。

她与一轮孤阳共眠山上，
一切都与昨日一样，
梅纳罗湾的金色花楸
常常为她投下一片荫凉。

鲜红色果实终将繁盛，
鲜红色的树枝微动，
梅纳罗湾的金色花楸
没有唤醒她的睡梦。

只剩风吹过她的坟墓
作为哀悼者与安慰者，
梅纳罗湾的金色花楸
就是我们所知的她的全部。

布利斯·卡曼[①]

① 选自加拿大诗人布利斯·卡曼（Bliss Carmen）的《金色花楸》（*Golden Rowan*）。

九月

九月是罗马历中的第七个月份，但在今天我们的历法中是第九个月份。盎格鲁－撒克逊人称之为“大麦月（barley month）”。

节日

九月二十一日　圣马太节。

九月二十九日　圣米迦勒节。

谚语

九月一日晴，九月整月晴。

米迦勒节种下树，随心所欲命其长；若到圣烛节种树，低三下四求其生。

九月风轻柔，果实满仓楼。

圣马太节寒露降。

九月使井枯，或是断桥梁[①]。

① “井枯”和“断桥梁”分别指干旱和洪涝。

家麻雀和燕麦[1]

① 英文：oat，学名：*Avena sativa*。

September 九月

我最爱九月的黄，
蛛丝凝结露水的清晨；
沉思的日子波澜不惊；
乌鸦的聒噪，黄铜色的叶，
残茎点缀着捆捆秋禾——
比起春天无处安放的明媚
更契合我灵魂中的秋季。

亚历克斯·史密斯[①]

城堡的墙上华丽辉煌
故事里古老的雪峰，
悠长的光荡过湖面；
狂野的奔流肆意跃动。
吹吧号角，吹吧，让野性的回音飘扬，
吹吧号角，回答呀回声，消亡，消亡，消亡。

哦听，哦听听！多么尖细清晰，
愈发尖细，愈发清晰，愈行愈远！
哦多么甜蜜，从远处的悬崖和峭壁
仙境的号角，若隐若现！
吹吧，让我们听见紫色峡谷的回应，
吹吧号角，回答呀回声，消亡，消亡，消亡。

丁尼生[②]

① 选自苏格兰诗人亚历山大·史密斯（Alex Smith）的《渐黄的山毛榉》（*Beech Turns Yellow*）。
② 选自《城堡墙上的华丽辉煌》（*The Splendor Falls on Castle Walls*）。

金翅雀啄食蓟的种子

September 九月

一日　今天是我们到这儿后最热的一天，已经连着三天都是阳光明媚的晴天。穿过杜恩（Doune）骑行去邓布兰（Dunblane），沿途经过了许多树木葱茏、连绵起伏的村庄。这些村庄坐落于低矮的山丘上，远远望去十分宜人。途中有很长一段路沿着泰斯河（Teith）蜿蜒向前。燕麦地里已经开始收割了。

十七日　划船到韦纳哈湖尽头，然后在湖岸边野餐。山上的凤尾蕨纷纷染成铜色和黄色。大部分的凤尾蕨都已被农人割下，丢在山坡上晒干，以至于整个山坡看上去一块儿红、一块儿棕。到目前为止，还没有树木变色。在回家的路上，我在湖边看到了对面一轮绝美的夕阳。东面山顶上的余晖光彩夺目——万丈光芒，或金或红或棕，一点点加深，直到变成山麓地带紫色、灰色的阴影。湖面漂浮着一层奇特的金褐色浮尘，我们觉得那一定是风从山上刮来的帚石南花粉。

二十二日　徒步去门蒂斯湖，回来的时候翻了山。和大多数苏格兰湖泊不同，门蒂斯湖的湖滨是十分平整泥泞的沼地，周围环绕着大片芦苇（reed），因此成为各种水禽的最佳栖息地。这个湖泊盛产大狗鱼（pike），远近闻名。湖边有一间客栈，大堂的四壁挂着制作精良的填充标本框，这些标本都是从这片水域捕得。

① 英文：common juniper，学名：*Juniperus communis*。
② 英文：round-leaved sundew，学名：*Drosera rotundifolia*。
③ 英文：bog asphodel，学名：*Narthecium americanum*。

① 英文：spanish chesnut，学名：*Castanea sativa*。

欧洲七叶树[1]

① 英文：horse chestnut，学名：*Aesculus hippocastanum*。

September 九月

二十二日 门蒂斯湖对面有两座岛，我们划船到其中一座岛，参观了岛上的因什马霍姆修道院（Inchmahome Priory）。修道院里有高大而古老的栗树，据说是这里的修士种的；除了栗树外，我还在这里见到了生平见过的最大的榛树（nut tree）。修道院里还有一棵黄杨树（box tree），据说是玛丽女王亲手栽种的。大部分的栗树仍然绿叶葱茏、富有生机，丰腴的枝干相互缠绕，枝头果实累累，榛树也是如此。

修道院的某些断壁残垣上覆着一层绿油油的铁角蕨（wall spleenwort）。墙体的最高处出现了许多裂缝，圆叶风铃草趁机从钻出了头，在空中摇摆着紫色铃铛。翻越泰斯河谷和门蒂斯区之间那高高的山脊，我们经过了广阔的泥炭沼。一些苔藓和沼泽植物的颜色十分鲜艳，其中沼金花的橙色种皮、深红色以及绿得近乎苍白的苔藓尤为醒目。现在帚石南已经全部变成棕色了，只剩下星星点点的粉色。

二十五日 离开苏格兰，再一次回到英格兰中部地区。

三十日 几乎还没有树叶变色。只有一些山毛榉变得光秃，树叶皱缩成一团飘落，毫无疑问是当地长期干旱所致。

天气依然很好。白天艳阳高照，夜晚清冷澄明；清晨伴有雾。

September 九月

当成熟的玉米变得粗大低垂，
星星点点的人儿忙着收割，
一天清晨我让心灵沉睡，
在草甸中独自漫步；
一只金翅雀立在蓟花冠上
一边啄食一边将籽儿抛洒，
鹪鹩叽喳散布流言蜚语，
或随意跳一支圆舞曲。

吉恩·英格洛[1]

欧洲荚蒾果

[1] 选自《学者与木匠》(*Scholar and the Carpenter*)。

犬蔷薇的果实
黑莓

旧罗马历中的第八月。因落叶的缘故，斯拉夫人（Slavs）称此月为“黄月（yellow month）”；盎格鲁－撒克逊人则习惯称之为“冬望（winter fylleth）”，因为他们认定冬天从此月望日（fylleth）开始。

十月十八日　圣路加节。

十月二十八日　圣西门和圣犹大节。

谚语

三月一日，乌鸦寻伴，
四月一日，乌鸦坐窝，
五月一日，乌鸦飞远，
风雨十月，匆匆归来。

金秋十月好凉爽，吹落橡子做猪粮。

十月田施肥，来年瓜果肥。

October

黄鹀[1]在庄稼残茬地上觅食

① 英文：yellow hammer，学名：*Emberiza citrinella*。

October 十月

十月份随后来到，满载欢饮。

斯宾塞[①]

深深的宁静笼罩着高原，
笼罩着带露的金雀花，
还有遍地的蛛网银纱
闪现着碧色和金色的光点。

宁静的光照着秋的平原，
广阔的平原点缀着农家
和隐约可辨的城堡高塔，
在远方和大海融成一片。

丁尼生[②]

蓝铃花仍在草地中流连
覆盖了环形的羊圈，林间
第二波繁花初现，
花色清浅，花香平淡；
但却是果实而非花朵，给林地带上花环
绕在秋天的眉畔：红润的山楂
覆盖着叶落一半的荆棘，悬钩子弯下了腰
因那一树黑玉似的负荷；榛子低垂
棕色的枝条，浸入溪水
小溪独自蜿蜒，眼看就要溢满
洒满落叶的堤岸——我常凝视，如雕像一般，
脑中一片空白；凝望溪水，
以梦眼追随，那漩涡中的泡沫
或花楸丛生的枝条，或捆捆收获，
乘着令人眩晕的激流漂走。

格雷厄姆[③]

① 选自《仙后》。
② 选自《悼念集》（*In Memoriam A.H.H.*），飞白译。诗中的“金雀花”应为“荆豆”。
③ 选自苏格兰诗人詹姆斯·格雷厄姆（James Grahame）的《秋日安息日散步有感》（*An Autumn Sabbath Walk*）。

October 十月

一日　温暖、晴朗的一天。如今这里没剩多少还在盛开的野花了；我采了一把蓝盆花和大苞野芝麻，在树篱顶端看到一些白旋花。黑莓大丰收，事实上各种浆果都大获丰收。我从浆果薯蓣上摘了一些鲜红色的浆果，将它们穿成一条长长的项链带回了家，还带回家了几根挂满栗子的大树枝，准备临摹。

二日　雨天，风从西南方吹来。

三日　雨燕都消失不见了，我也已经好些天都没看到一只白腹毛脚燕飞过了。在我离开珀斯郡前的很长一段时间里，每天清晨我都有一个习惯：趴在卧室的窗台上透过窗户观察白腹毛脚燕，看它们在屋顶上成群站好，整装待发。
偶尔还能看到一些家燕，却也只是零星几只了，大多数的家燕都已经飞往南方过冬了。
知更鸟又开始歌唱。

五日　今天我看见一大群麻雀和蓝山雀（tomtit）绕着种在花园里的向日葵（sunflower）扑扇翅膀，落在填满葵花籽的花盘上。很明显，这些小鸟已经发现葵花籽之间的空隙是昆虫偏爱的藏身之所——尤其是甲壳虫和蠼螋（earwig）。天气依旧持续闷热，时有阵雨。

十日　今天步行穿过田野，去了埃尔姆登公园，路上看见许多盛开的原野婆婆纳（field speedwell）的蓝色小花儿；除了原野婆婆纳外，一路上我看见的尚在开花的野花，就只有田春黄菊、粉色蝇子草以及少部分花期较迟的黑莓花了。整个冬天，只要天气稍微变暖一点，蝇子草就会时不时地开出些零星的小花儿。埃尔姆登公园的驱疝木如今光彩夺目——树冠顶部的叶子呈现深红色和鲜红色，低一点的则是深橘色。也有其他的一些树也开始变色了，不过还是少部分，但总体上大多数树叶的颜色依旧是绿色。我带回家一些驱疝木果和橡子，准备画画。

欧白英的浆果

欧榛
夏栎

给我我喜爱的生活，
洗涤一切尘埃。
给我头顶的快活天堂，
和我身旁的小径。
躺在林中仰望星星，
用面包蘸着河水——
有一种生活属于像我这样的人，
有一种生活可以永恒。

任风吹落，或早或迟，
任凭一切，或好或坏；
给我四方土地的容貌
和我面前的道路。
财富非我所寻，爱情亦无所求；
更不要说相知的好友；
我所寻的，是头顶的天堂
和脚下的道路。

或者让秋天落在我身上
就在那片我流连的田野，
树上的鸟不再歌唱；
咬着冻僵的手指。
起雾的旷野白茫茫似盛宴——
温暖如炉边的安息所——
我不会向秋天屈服；
更不要说寒冬！

任风吹落，或早或迟，
任凭一切，或好或坏；
给我四方土地的容貌
和我面前的道路。
财富非我所寻，爱情亦非我求；
更不要说相知的好友；
我所寻的，是头顶的天堂
和脚下的道路。

罗伯特·路易斯·史蒂文森[1]

[1] 选自苏格兰小说家、诗人罗伯特·路易斯·史蒂文森（Robert Louis Stevenson）的《流浪者》（*The Vagabond*）。

October 十月

以下是我这个秋天在附近收集到的果实与浆果的目录，虽然我知道在沃里克郡其他地方还有一些品种，但应该不会太多。

野梨、野苹果、黑刺李、乌荊子李、黑莓、蔷薇果、山楂、七叶树果实、欧洲栗、驱疝木、榛子、山毛榉坚果、红瑞木、接骨木、欧白英、浆果薯蓣和红豆杉。

在所有这些浆果里，只有欧白英和浆果薯蓣的浆果是有毒的，但是红瑞木的果子十分苦涩、味道极差。令人好奇的是，尽管红豆杉的树叶含有毒性，果实却是无毒无害，很受鸟儿的追捧；唯一可以称之为危险的部位是果实中间的核，但鸟儿早已学会弃之不食。

上述名单中，我漏掉了荚蒾和花楸果；还得再加上枸骨叶冬青，如今枸骨叶冬青的果子变得艳红无比；还有女贞。共计二十一种。

浆果薯蓣的浆果

秋 颂

雾气洋溢、果实圆熟的秋，
你和成熟的太阳成为友伴；
你们密谋用累累的珠球，
缀满茅屋檐下的葡萄藤蔓；
使屋前的老树背负着苹果，
让熟味透进果实的心中，
使葫芦胀大，鼓起了榛子壳，
好塞进甜核；又为了蜜蜂
一次一次开放过迟的花朵，
使它们以为日子将永远暖和，
因为夏季早填满它们的黏巢。

谁不经常看见你伴着谷仓？
在田野里也可以把你找到，
你有时随意坐在打麦场上，
让发丝随着簸谷的风轻飘；
有时候，为罂粟花香所沉迷，
你倒卧在收割一半的田垄，
让镰刀歇在下一畦的花旁；
或者，像拾穗人越过小溪，
你昂首背着谷袋，投下倒影，
或者就在榨果架下坐几点钟，
你耐心地瞧着徐徐滴下的酒浆。

啊，春日的歌哪里去了？但不要
想这些吧，你也有你的音乐——
当波状的云把将逝的一天映照，
以胭红抹上残梗散碎的田野，
这时啊，柳河下的一群小飞虫
就同奏哀音，它们忽而飞高，
忽而下落，随着微风的起灭；
篱下的蟋蟀在歌唱，在园中
红胸的知更鸟就群起呼哨；
而群羊在山圈里高声咩叫；
丛飞的燕子在天空呢喃不歇。

约翰·济慈[①]

---

① 选自《秋颂》（To Autumn），查良铮译。诗中的"罂粟花"有可能指的是"虞美人"。

① 英文：elderberry tree，学名：*Sambucus nigra*。

十日　再看看野苹果树，虽然春天里开出了许多花，但当我打算去寻找结出的果时，却连一个也找不到。也许它们已经被摘光了。树篱上一派欣欣向荣，挂满了各种浆果——蔷薇果和山楂、接骨木、浆果薯蓣、欧白英、荚蒾以及黑莓——这可把鸟儿忙坏了，一个个都在浆果堆里大快朵颐。回家的路上与一场雷阵雨赛跑，可惜我输了，淋了个透心凉。

十四日　在一整周潮湿多雨的天气后，终于出太阳了，但气温还是很低。为了摘一些红瑞木的果子，特意步行去了凯瑟琳·德·巴恩斯村，我早先知道那一带的树篱上结了许多。一路上处处可见蔷薇果，尤其是在我们经过的那片长满野生荆豆和荆棘（briar）的公地上。我发现有好多燕雀啄食浆果。一些荆豆已经开花；红黄相间的叶片覆盖住了灌木丛中鲜红的蔷薇果、四处攀爬的黑莓枝和盛开的荆豆花，在阳光的照耀下，这幅场景如同一片片色彩斑斓的碎布。我看见了一些盛开的圆叶风铃草和苦苣菜，树上还有一些野苹果，我试着去摘，却怎么也够不到。村舍花园焕然一新，在菊花（chrysanthemum）、大丽花（dahlia）和少花紫菀（michaelmas daisy）的装点下显得异常美丽。五叶地锦（virginia creeper）的叶子变色了，将村舍的墙壁染成深红色。

十六日　今天早上，我姐姐在凯斯顿公地（Keston Common）采了一些红底白点的可爱蕈菌（toadstool），特地给我送了来。尽管很大一部分在途中惨遭损坏——菌盖从菌柄上脱落下来，我还是尝试给其中一两个画了张素描。

二十一日　夏日的最后一个访客也已经离去；大约两周以前，我还能看见一只叽喳柳莺在花园里的鹅莓（gooseberry）丛中跳上跳下——作为最后离去的访客，它同时也是来得最早的。不过，成群的蓝山雀已回归了故土，回到被它们在夏季里抛弃的花园旧地。它们在房子的墙边、窗边扑腾着翅膀，想必都怀揣着那个不可告人的心愿——找到那颗等待它们的椰子。

如今，大群的紫翅椋鸟、麻雀和燕雀洗劫了残茬地和草场，过不了多久，白眉歌鸫（redwing）和田鸫（fieldfare）也会加入。又是温暖多雨的一周。

红果藏在红豆杉的暗影下。

马修·阿诺德[1]

秋天的傍晚宁静安详。
夕阳最后一缕光辉暗淡，燃烧
远方的森林，像一支火把遭遇
一阵逆风，反烧了持火人的手
深红色长长的火焰；如烧焦的木头，
下方的林地中幽幽地躺着。

罗伯特·勃朗宁[2]

① 选自英国诗人、评论家、教育家马修·阿诺德（Matthew Arnold）的《吉卜赛学者》（*The Scholar Gipsy*）。
② 选自《索尔代洛》（*Sordello*）。

① 英文：common dogwood，学名：*Cornus sanguinea*。

欧洲野苹果
黑刺李

驱疝木的果实

October 十月

二十五日　今天有位朋友向我展示了一些制作精良的高大环柄菇（parasol mushroom）的标本。它们呈现出近乎苍白的淡黄褐色，其上缀着深黄褐色的斑斑点点。

三十一日　温和湿润，有时几缕阳光从云层中露出头。整个十月的天气都十分温和。

锐刺山楂的果实

October 十月

如今十月的火焰沿着树林缓缓燃烧，
日复一日，枯死的树叶凋零又消融，
夜复一夜，一声声训诫的狂风
在锁孔里哀嚎，诉说着它的经历
如何穿越空旷的田野和孤独的高地，
或阴冷狂野的波涛，如今这力量变得
闷闷不乐，心中却日渐温柔，
胜过任何放送夏日所予的欢乐。

威廉·阿林厄姆[①]

噢，所有的荒野，远离喧嚣的城镇！
波光粼粼的大海！松林！狂野的群山！
石硕林立的海滩！杂乱的欧石南！羊群密布的丘陵！
大片苍白的云朵！蔚蓝的天空，一尘不染！
天地！给我一方天地！给我独孤与空气！
你那美妙的领土尽是自由富饶的东西。

噢，山脉、群星和辽阔天地的神明！
噢，自由与欢喜之心的神明！
当你的脸越过千万张脸向前张望；
便是拥挤的市场也顿觉空旷；
你在我身边，喧哗就立刻无影无踪；
你的宇宙是我门户紧闭的密室。

乔治·麦克唐纳[②]

① 选自爱尔兰诗人威廉·阿林厄姆（William Allingham）的《秋日薄暮》（*Autumn Sonnet*）。
② 选自苏格兰作家、诗人、牧师乔治·麦克唐纳（George Macdonald）的《渴望》（*Longing*）。

栓皮槭[1]的叶子

欧亚槭的叶子

① 英文：field maple，学名：*Acer campestre*。

NOVEMBER 十一月

古罗马历认为一年从三月开始，那么如今的十一月便是古时第九个月份。十一月十一日被视为冬天的开端。盎格鲁-撒克逊人称十一月为“血月（blood month）”，此名大概是暗指圣马丁节时人们为冬季储备而宰杀牲畜的习俗。

《不列颠百科全书》

节日

十一月一日　万圣节。
十一月二日　万灵节。
十一月十一日　圣马丁节。
十一月二十二日　圣则济利亚节。
十一月二十五日　圣加大肋纳节。
十一月三十日　圣安德烈节。

谚语

十一月大风似鞭打，此时船只莫出海。

十一月冰厚鸭可行，十二月雪污只余泥。

November 十一月

十一月最早的时光
染红了藤蔓的叶子
像点点鲜血，热烈而莽撞，
溅在盾牌上；边框中心尽是黄金
陈列在由小仙子托起
小精灵缝制的苔藓垫子上。

罗伯特·勃朗宁[1]

年岁于暮光下奄奄一息；
诗人在秋林中冥想沉思；
听那忧郁的叹息
藏在枯萎的叶间。

不然——却像是被颂扬的灵魂
年岁的守护神已离开，脱下
他的长袍，一度是春天的绿
或夏日蓝天的明媚；

完成了他在人间的任务，
将千万山谷填满金色的谷物，
果园盛满玫瑰色的果物，
鲜花洒满大地——

他在西方流连片刻，
一轮夕阳还未完全落下，
露出欣慰、诀觉的笑容
就此回到上帝的身边。

德国诗一首[2]

---

① 选自《在火炉旁》（*By the Fire-Side*）。
② 选自《秋日余晖》（*The Last Day of Autumn*），作者不详。

NOVEMBER

紫翅椋鸟

November 十一月

一日　细雨绵绵——典型的十一月的天气。

三日　清晨时分，天寒雾浓，不久之后，阳光乍现。我今天带回家一本小巧的关于英国蕈菇的书，书中录有65种变种蕈菇的图片。令我失望的是，我没有在其中找到我那个红底白点的漂亮蕈菇。下午的时候，我去了堇菜林，我想去看看我到底能在林中找到多少种蕈菇。大太阳底下可真热，不过，秋日的树叶在温暖的午后阳光照耀下，显得格外好看。大约半小时，我找到了10种不同的菌类，都长在林中及毗邻的田地里——所有的菌类都是棕色的，只有两种特殊——一种是常见的簇生垂幕菇，丰富多彩的橙色与黄色，这种菌类在枯树林有很多；另一种的菌类的伞盖是深粉色，内里是略显苍白的淡紫色，这种菌类我仅仅找到一簇——其中一两枚个头特别大。在这本关于蕈菌的书的末尾，有一些很有意思的注解，其中一条描述了蕈菌和蘑菇的形成与构造。

“蕈类本身由若干微小的菌丝构成，这些菌丝还在地下的时候就朝着四面八方生长——只有当其本身冲出地面，并大到足以结出孢子时，蘑菇才算长成。由此可见，以长出孢子为主要功能的蘑菇，只是蕈类的产物。”

在另一条注解里，作者称，英国绝大部分的伞菌都是可食的，且作为日常食物其营养价值也很高；虽然外国人已大量食用各种伞菌，但英国人在所有的菌类中几乎仍然只食用蘑菇。

十日　天气寒冷，阳光却很好；在两天的狂风暴雨后，于周四又迎来一场来自西北方的风暴。

① 英文：toadstools。
② 英文：common polyporus，学名：*Trametes versicolor*。
③ 英文：sulphur tuft，学名：*Hypholoma fasciculare*。
④ 英文：stag's horn fungus，学名：*Xylaria hypoxylon*。

November 十一月

十日　再次出门进行真菌大狩猎；这次我穿过了草甸，看到田堤上两截老树桩完全被硕大平展的伞菌所覆盖，橙褐色的伞盖，鹅黄色的菌褶，几乎看不到菌杆。田地中的其他地方还有一些山毛榉和松树，我在树上找到了许多长着紫色菌褶的变种；其中一些稍大的变种的菌褶是深褐色，很明显只有刚刚长成的新生蕈类的伞盖内才是漂亮的淡紫色。我发现一种模样可人的菌类，层层叠叠地长在山毛榉主干上树皮撕裂的地方。它的伞盖是深蓝黑色，菌杆是纯白色——菌褶呈神奇的波浪状，光华闪烁——赋予它们一种白珊瑚的效果。在草甸的开阔地，我找到好几个其他的变种——一种的伞盖是有光泽的棕色，就像一个圆形的小面包；后来我去了更远一点的小树林，在那里的一棵腐朽的树桩旁采到了一些变色多孔菌，还有一些纤细小巧的团炭角菌。树林中，蕨类（bracken）淡黄色的叶子在荆棘深色的叶片间，显得格外动人。榆树的落叶给道路铺上一层金黄色。尽管现在许多叶子还绿意盎然，但一两场寒霜后，树木便会被剥个精光。

十三日　清晨穿过原野，经由埃尔姆登道，去那里的村舍给乌鸫和欧歌鸫写生。清晨，天空还是灰色，四周却安静得恰到好处，薄雾蒙蒙，给远处的林木蒙上一层紫色的面纱。许多树都已经秃了，只有栎树还有些许树叶，且都蒙上了铜色和棕色的阴影。树篱和堤岸上，榛树叶和蕨类也闪耀着金光；处处都弥漫着落叶的芬芳，这是一种属于秋日的气息。我穿过一处草地，其中长满了各种伞菌，这令我十分惊讶；因为之前我经过许多其他的草地，连伞菌的影儿都不曾见一个，唯独在这里看到许多。

欧洲绿啄木鸟[1]

[1] 英文：green woodpecker，学名：*Picus viridis*。

November 十一月

哦，狂暴的西风，秋之生命的呼吸！
你无形，但枯死的落叶被你横扫，
有如鬼魅碰上了巫师，纷纷逃避：
黄的，黑的，灰的，红得像患肺痨，
啊，重染疫疠的一群：西风啊，是你
以车架把有翼的种子催送到
黑暗的冬床上，它们就躺在那里，
像是墓中的死尸，冰冷，深藏，低贱，
直等到春天，你碧空的姊妹吹起
她的喇叭，在沉睡的大地上响遍，
（唤出嫩芽，像羊群一样，觅食空中）
将色和香充满了山峰和平原：
不羁的精灵啊，你无处不远行；
破坏者兼保护者：听吧，你且聆听！

把我当作你的竖琴吧，有如树林：
尽管我的叶落了，那有什么关系！
你巨大的合奏所振起的乐音
将染有树林和我的深邃的秋意：
虽忧伤而甜蜜。啊，但愿你给予我
狂暴的精神！奋勇者啊，让我们合一！
请把我枯死的思想向世界吹落，
让它像枯叶一样促成新的生命！
哦，请听从这一篇符咒似的诗歌，
就把我的话语，像是灰烬和火星
从还未熄灭的炉火向人间播散！
让预言的喇叭通过我的嘴唇
把昏睡的大地唤醒吧！要是冬天
已经来了，西风啊，春日怎能遥远？

雪莱[1]

[1] 选自《西风颂》（*Ode to the West Wind*），查良铮译。

黑莓[①]的叶子

① 英文：bramble，学名：*Rubus fruticosus*。

November 十一月

十三日　在我画鸟的村舍隔壁，住着一对猎场看守人夫妇，那个妇人拿了两个制作精良的欧夜鹰（night jar）填充标本给我看，说是她丈夫在附近射中的。我经常在达特穆尔（Dartmoor）和萨里公地（Surrey Commons）以及坎伯兰郡看到这种鸟，却不知道在英格兰这一带也能遇见。

十四日　今天我看见一只翠鸟飞过奥尔顿车站下路旁边的小池塘。如今，桤木和榛树已长出了新的花序。今天傍晚的日落绚烂辉煌，令人难忘。我这一生中还从未见过如此大的落日。深红色的球状物，伴着紫色的阴影，看起来就像是一个巨大热气球悬挂于灰色云幕前。

十五日　狂风暴雨，风雨来自西部。下午我从索利哈尔散步回家。沿途，无数叶片从树上翻飞落下，在我面前蹁跹起舞。

十九日　今年第一场寒霜；凛冽的西北风伴着阵雨冰雹。

二十六日　骑车去索利哈尔，回来的时候经过了栎树林间的小径。阳光灿烂，照亮了林下植被——蕨类垂死的叶片和半秃的夏栎仅存的几片叶子。沿途堆积了厚厚的落叶。在凯恩顿道（Kineton lane）的尽头，一棵高大的山毛榉树下，我听到欧歌鸫甜美地歌唱。

三十日　西北风，伴随阵雨。

柳兰的果皮

欧歌鸫甜美地歌唱，在光秃秃的树枝上，
欧歌鸫甜美地歌唱，我聆听这段音乐，
年迈的冬季，也曾意气风发，
在欢乐的颂歌中，抚平紧皱的眉头。

罗伯特·彭斯[①]

欧歌鸫

① 选自《清晨漫步听见欧歌鸫歌唱》（*On Hearing a Thrush Sing in His Morning Walk*）。

像冬日里的一只欧歌鸫，当天空
变得阴沉黑暗，当树木凋残，
依旧不泄气地歌唱，直到他的歌声中
春天的芳菲穿过冰冷的空气飘散——
我的心也是如此，当悲伤的气息冰凉
暗淡苦涩，冰霜坚硬；
这颗心偏要跃动，挑衅绝望与死亡
阳光照耀的喷泉，唱着凯旋之歌。
他一直歌唱，直到堇菜开放
南风呼啸，预言鸟歌唱！
噢，若我这向来沉默的双唇
可以向人们歌唱，唱那忧心所闻
生命中最黑暗的时光响起欢乐之歌，
生命中最黑暗的冰霜将如春天兴旺。

埃德蒙·霍姆斯[1]

① 选自埃德蒙·霍姆斯（Edmond Holmes）的《爱之胜利》（*The Triumph of Love*）。

[1] 英文：cow parsnip，学名：*Heracleum sphondylium*。

多肋稻槎菜　酸模[1]

[1] 英文：common sorrel，学名：*Rumex acetosa*。

当怒号的北风漫天吹响，
咳嗽打断了牧师的箴言，
鸟雀们在雪里缩住颈项，
玛利恩冻得红肿了鼻尖。

莎士比亚[1]

① 选自《爱的徒劳》，朱生豪译。

DECEMBER 十二月

古罗马历中一年只有十个月，如今的十二月便是其最后一个月。盎格鲁－撒克逊人称十二月为“冬月（winter month）”，因为圣诞节的存在，所以他们又称此月为“圣月（holy month）”。十二月二十二日是冬至日，这天太阳直射南回归线。

节日

十二月二十五日　圣诞节。
十二月二十九日　圣多马节。
十二月三十一日　除夕夜。

谚语

脱下粗布旧衣，换上丝绒新裳，
一年一度圣诞，终于再次来到，
在它到来之际，无限欢乐降临，
在它离去之时，来年漫漫难熬。

十二月保暖多睡觉。

圣诞绿意浓，墓园满为患。

December 十二月

随之而来的是寒冷的十二月，
虽然他，凭借愉快的宴会
和盛大的篝火，已将严寒忘却；
救世主的降临使他无比欢悦；
骑在一只胡须蓬松的山羊上，
正如宙斯的年幼时光；
他们说这是伊达山神女的滋养；
他手中捧着一只深邃的巨碗；
他便畅饮，祝愿友人健康。

斯宾塞[①]

满脸皱纹、脾气暴躁的男人，
他们这样描绘你，老冬日。
灰色乱糟糟的胡子，像苹果树上长长的苔藓；
阴蓝的双唇，削尖的蓝鼻头上缀着一颗冰珠，
层层裹紧衣服，走在沉闷的路上
迈着沉重的脚步独自穿过雨雪。
而他们本该画在你高高堆起的火堆旁，
老冬日！坐在舒适的扶手椅中；
看着孩子们沉浸于圣诞的欢乐；
当他们将你团团围住，你就开始讲
一些有趣的笑话，或是恐怖谋杀故事，
或是使夜晚为之骚动的不安灵魂；
中途几次暂停，拨动沉闷的炉火，
或品尝一口清亮棕黄的十月麦酒。

罗伯特·骚塞[②]

① 选自《仙后》。
② 选自罗伯特·骚塞（Robert Southey）的《冬日》（*Winter*）。

欧洲女贞
的浆果
枸骨叶冬青
的浆果

December 十二月

一日　明媚晴朗，伴有来自东北方的寒风。在过去几周里，鸟儿都会在清晨飞来等候投食。今天我把一只椰子放在外面——这可乐坏了山雀，它们成群结队，一整天都在那里啄食这只椰子，大部分的是蓝山雀。

四日　连续三天刮风下雨，时有阳光。

七日　寒霜浓雾，白茫茫一片。今天算是今年第一个像冬天的日子。今晨成群的鸟儿飞来等待被喂食。那只被我放在外面的椰子无疑是山雀的宠儿，无数场争斗因其爆发；忽然一只知更鸟钻进椰子里不让别的山雀接近，直到它饱餐一顿。我认为知更鸟并不是真的多喜爱椰子，而是实在看不惯这些山雀自顾自玩得那么开心，于是非要掺和进去。

九日　今天早上在一场暴风雪中醒来，迷离的雪花漫天飞舞，这是今年冬天的第一场雪。但是暴风雪很快便结束了，不一会又是万丈光芒，夜晚霜冻厉害。

十日　天寒霜重，好像冬天正正经经开始了，不过预报说天气还会有急剧变化。

十二日　阵阵风雨，时而放晴。早上的时候看见了一道美得无与伦比的彩虹，大约持续了十分钟。

十四日　下了一场大雪。

二十日　冰雪急融之后是四天温和宜人的天气，无风无雨；大风绕道去了东部，看起来似乎今年我们还是会有一个霜冻的圣诞节。

二十五日　今晨醒来，迎来一个雪天圣诞；后来出太阳了，夜里霜冻厉害。

二十六日　今夜又下了一场大雪。

在光秃秃的荆棘间
是一只欢腾的鹪鹩，
当悬挂在岩间的冰柱
滴答滴答融化；
她唱着经年的歌儿；
即使当雪花飘零
落在她宽阔的翼翅上，
她也轻盈地飞起
穿破风雪
振翼而歌。

詹姆斯·格雷厄姆[①]

① 选自苏格兰诗人詹姆斯·格雷厄姆（James Graham）的《苏格兰的鸟》（*The Birds of Scotland*）。

December 十二月

一座赤裸裸的房子，一片赤裸裸的荒野，
门前是一方令人颤抖的寒池；
光秃秃的花园，没有鲜花与果实
杨树立在花园的角落。
这就是我居住的地方，
屋内冷清，屋外荒凉。

而你这贫瘠的荒野将迎来
傍晚无可比拟的壮丽，
以及拂晓金色的光芒
在战栗的树木后酝酿；
当狂风到处肆虐，
云帆起锚，互相追逐；
花园再一次明暗变化，
伴随细雨和跃动的阳光。
魔法般的月亮登上天空，
天空，在那深红色的尽头
在白日的华丽消散之时；
有无数的星星露面。
附近的山谷干了又湿
春天镶嵌着温柔的花朵，
清晨的缪斯早已阅遍
云雀从开满金雀儿的草地飞起；
每一个童话般的细丝与轮盘
都被露珠点缀。
当雏菊凋尽，冬天用白霜
给枯乏的草地镀银。
秋霜为池塘施法
让车辙也美丽动人，
当荒野披上一片雪光
孩子们将如何欢欣鼓掌；
将大地变成我们的隐居地
欢欣的一页，变换的一页
上帝将用时日和四季来填满
用明亮且繁复的方法。

罗伯特·路易斯·史蒂文森[1]

① 选自苏格兰小说家、诗人罗伯特·路易斯·史蒂文森（Robert Louis Stevenson）的《美丽的房子》（*The House Beautiful*）。

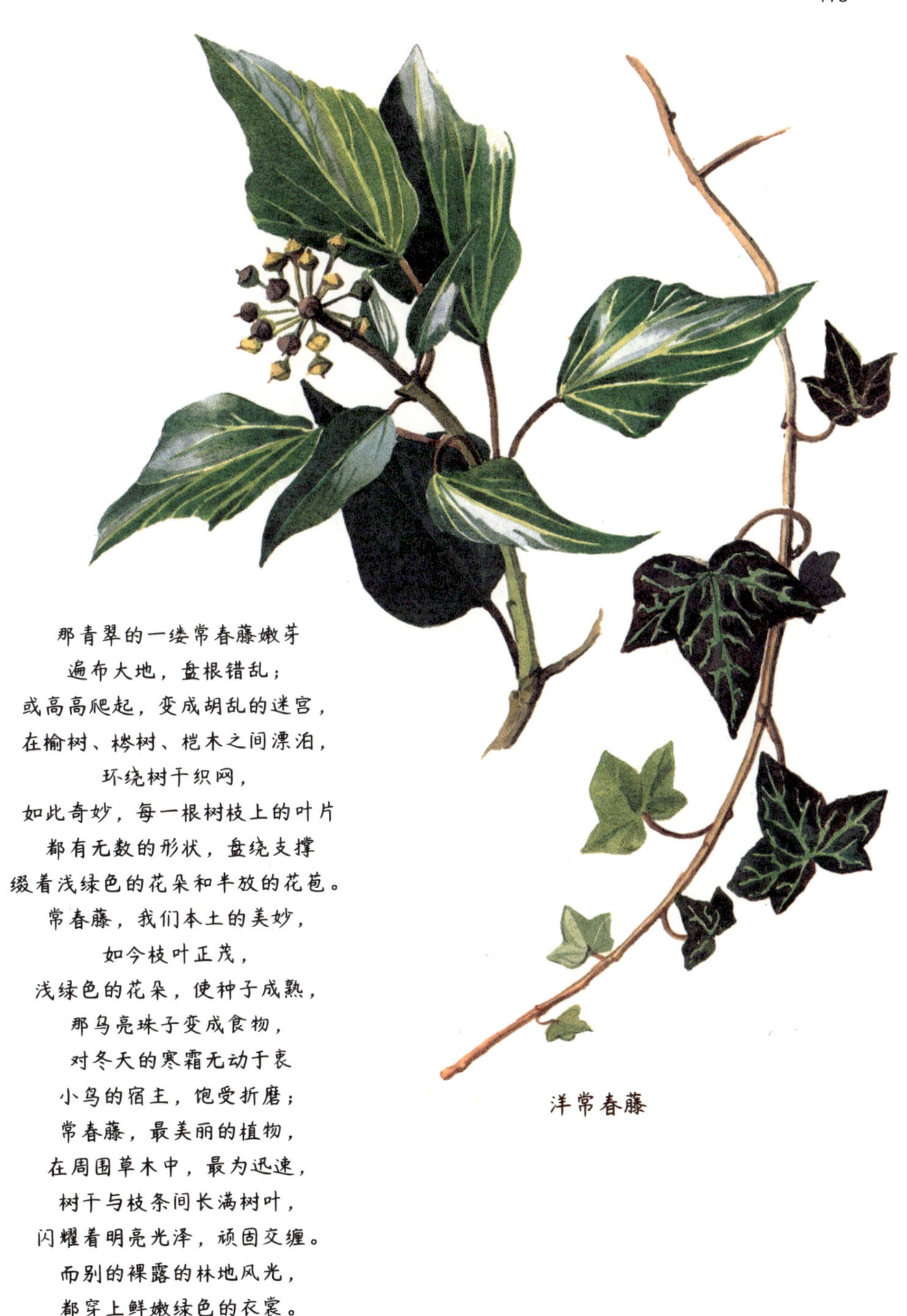

洋常春藤

那青翠的一缕常春藤嫩芽
遍布大地，盘根错乱；
或高高爬起，变成胡乱的迷宫，
在榆树、栲树、桤木之间漂泊，
环绕树干织网，
如此奇妙，每一根树枝上的叶片
都有无数的形状，盘绕支撑
缀着浅绿色的花朵和半放的花苞。
常春藤，我们本土的美妙，
如今枝叶正茂，
浅绿色的花朵，使种子成熟，
那乌亮珠子变成食物，
对冬天的寒霜无动于衷
小鸟的宿主，饱受折磨；
常春藤，最美丽的植物，
在周围草木中，最为迅速，
树干与枝条间长满树叶，
闪耀着明亮光泽，顽固交缠。
而别的裸露的林地风光，
都穿上鲜嫩绿色的衣裳。

马特主教[1]

① 选自爱尔兰主教理查德·马特（Richard Mant）的《常春藤》（*The Ivy*）。

December 十二月

二十七日　今天的报纸报道，从约翰奥格罗茨到兰兹角，整个英国都被大雪所覆盖，这可是六年来的第一回。

二十八日　天空清明澄澈，但据报道称，全国各地仍持续有强暴风雪，有的地方甚至会雷电交加。

在英格兰东部沼地，已经有人开始滑雪了。

三十日　霜冻依然严峻，一整天飘着小雪。自从往常的觅食领地被大雪覆盖后，鸟儿们这两周以来可谓勇气十足，为了捕食也不顾周围环境了。乌鸫和欧歌鸫通常比较胆怯，以前一旦有人靠近，便立即飞走，但如今它们也只是稍稍跳开一点点距离，在小灌木丛友好的掩护下，睁着明亮的眼睛，伺机再回去享受它们的面包屑盛宴。山雀、知更鸟和麻雀几乎对人类熟视无睹。前两天，我看见苍头燕雀也混在其他鸟群中觅食，它们很少接受喂食的；不过，在春天里，倒是经常可以在草坪上看见它们的身影，它们忙着从草皮里挑拣苔藓回去筑巢。

三十一日　新年除夕；今天早上气温有所回升，寒风绕道去了西南方，处处都显现出大雪将融的迹象。新闻报道了各地的大雪，约克郡、东洛锡安区（East Lothian）以及苏格兰高地的边远农场和乡村因积雪太深，已完全无法进出，算是彻底与世隔绝了。

白果槲寄生[①]

① 英文：mistletoe，学名：*Viscum album*。